KEITAI
SHOUSETSU
BUNKO
SINCE 2009

月がキレイな夜に、
きみの一番星になりたい。

涙鳴

●STARTS
スターツ出版株式会社

私の世界にあるのは……。
もの言わない星空に、遠くに見える都会の煌めき。
髪をなでる冷たい夜風に、籠に囚われた鳥のさえずり。

変わり映えのないすべてが、
私の心を虚しくさせる。

このまま、ひとりで生きていくんだ。
そう思っていた私の前に――。

――突然、きみは現れた。

鳥籠の扉をこじあけて、
不敵に笑いながら、私に手を差しのべる。

「ここから連れだしてやる」

その背に浮かぶ月。
その瞳に映る強さ。
絵本の中の王子様みたいに、
きみなら私を、どこか遠い……。
まだ見ぬ世界へと連れさってくれるって、
そう思えたんだ――。

contents.

Chapter 1

○Episode 1○ 月夜の晩に　　　　8

○Episode 2○ きみがくれる煌めき 31

○Episode 3○ 私を連れだす王子様 47

○Episode 4○ 真夜中の学校で　76

Chapter 2

○Episode 5○ 強さを求める理由 88

○Episode 6○ 大切だからこそ　95

○Episode 7○ 乗りこえる壁　　113

○Episode 8○ 家族　　　　　　142

Chapter 3

○Episode 9 ○　秘密から解きはなって 156

○Episode10○　不透明な悪意　　　171

○Episode11○　その身も心も守るから 194

○Episode12○　見て見ぬフリした想い 199

Chapter 4

○Episode13○　嫌な予感　　　　　210

○Episode14○　これは悲劇か喜劇か　212

○Episode15○　月がきれいな夜に　222

あとがき　　　　　　　　　　　228

Chapter 1

○Episode 1 ○　月夜の晩に

【蕾(つぼみ)side】
　住宅街にある一軒家。
　私はその2階にある自分の部屋のベッドから、窓際(ぎわ)にかけられた鳥籠を見上げる。
「あのね、モイラ」
　その白いアンティーク調の籠の中にいるのは、頭(あたま)が黄色くて、体は水色といったカラフルな毛色をしているインコのモイラ。
　部屋にひとりでいるのが寂しいと言ったら、1年前にお母さんが買ってきたんだ。
　もちろん、動物を飼いたいという意味で言ったわけじゃない。
私は部屋の外に出たいってことを伝えたつもりだった。
　でも、お母さんには初めからその考えはなかったみたい。
「私ね、自由になりたいんだ」
　モイラにだけ、本当のことを話そう。
　私は今、ものすごく息苦しい。
　なんでって？
　学校に行く以外、私はこの部屋から出ることを禁じられているから。
　その理由は、紆余(うよ)曲折あって長くなるけど……。
　第一に、私が痛みを感じない難病——『先天性無痛症(せんてんせいむつうしょう)』

だから。
「骨折しても、皮膚を切っても、やけどしても、気づかない。だって、少しも痛くないんだもの」

しかも痛みだけでなく、熱い、冷たいという温度感覚も鈍い。

指を火であぶっても、氷に押しつけたとしても、なんとなく温度を感じる程度だ。

私はおもむろに手を挙げて、自分の腕をまじまじと見る。

今ここにカッターをあてたとしても、私は顔をしかめることなく、ただ流れる血を見ているだけなんだろうな。
「みんなに知られたら、きっと気持ち悪がられる……」

私が無痛症だとわかったのは、生後9か月頃。

お母さんの話によると、私は自分の唇を血が出るまで噛んで、病院に運ばれたことがあったのだとか。

そこでお医者さんから、歯が生えはじめた不快感で、無痛症の子がよくする症状なのだと言われたらしい。
そうして検査を受けた私は、先天性無痛症であることが判明した。
「私がこんな身体じゃなかったら……」

思い出される苦い過去に思いを馳せる。

痛みを感じないことを、むしろラッキーだと思って生活していた私。

その考えが180度変わる出来事があった。

あれは中学1年生のときのこと……。

親友の透ちゃんと下校していたら、カッターを持った中

年男性の変質者に遭遇した。

　私たちめがけてカッターを振りかざしながら、いきなり襲いかかってきたので、私はとっさに透ちゃんの前に出た。

　自分なら、なにをされても痛くないから大丈夫。

　そう思っていた私に、迷いなんてなくて。

　実際に脇腹を刺されたけど、痛みはなかった。

　でも出血が多く、救急車で運ばれた私は、運よく内臓に傷がつくことはなかったものの……。

　縫合処置を受けて、しばらく安静を強いられた。

　入院中、私のお見舞いに来てくれた透ちゃんが悲しそうな顔をしていたので、かけた言葉がある。

『透ちゃんが無事でよかった』

　本心からそう言って笑ったら、透ちゃんは『ごめんね』を繰り返し、ボロボロと涙を流していた。

　今も、あの透ちゃんの姿を忘れられない。

「私はただ、透ちゃんを守りたくてしたことなのに……。逆に悲しませちゃった」

　これまでは、痛みを感じないことを自分の強みのように思っていた。

　でも、親友や家族が怪我をした自分より、傷ついた顔をしているのを見て、自分が無意識のうちに誰かを悲しませていたのだと、自覚した。

　その事件以降、両親は私に対してさらに過保護になった。

　授業に出ることは禁止されていて、私は他の生徒と接触しないように保健室で自習させられている。

先生も面倒な親に関わりたくないのか、特に反対することもなく受けいれていた。
　放課後や休日も出歩くことを許してもらえず、この部屋から出ないように言いつけられている。
「モイラ、私はもう……私を大切に思ってくれる人たちを悲しませたくない」
　だけど、それと引きかえに自由を失うことは苦しくてたまらない。
　先天性無痛症には、根本的な治療法がない。
　わかっているのは、遺伝が原因であるということだけ。
　この病気は汗をかけずに、身体に熱をためこんでしまう無汗症を合併することが多いのだけれど……。
　私は無痛症だけだった。
　このタイプの無痛症は、日本にたったの数十人しかいないのだとか。
　病気のサインである痛みに気づけないで、受診しない人が多く、寿命も短いと言われてる。
　だからお父さんとお母さんは、できるだけ私を危険から遠ざけたいんだと思うんだけど……。
「怖がってばかりいたら、私は永遠に囚われたままだ。部屋の中で一生を過ごすなんて、絶対に嫌……」
　モイラは「自由、自由」と、私の言葉を繰り返す。
「お父さんとお母さんを悲しませてまで、外の世界で自由に生きたいと思うことは……いけないことなのかな？」
　その問いに答えてくれる人は誰もいない。

私は目を伏せて、膝を抱えた。
　そのとき、バルコニーに人影が見えた。
　えっ、ここ2階なのに……。
　ベッドから降りて、窓のほうへと近づく。
　少しだけ空けてあった窓から吹きこむ春の夜風に、ふわふわと揺れる薄いレースのカーテン。
「……誰？」
　恐る恐るカーテンを開けると──。
　まっ先に視界に広がったのは、雲に遮られることなく輝く黄金の月。
　その月光を背にして、夜の闇を思わせる黒髪に、鋭利な刃物のような切れ長の目の男の子が立っていた。
　見た感じ、高校生だろうか。
　着崩された白いワイシャツにグレーのズボンを身に着けていて、学校の制服のように見えた。
　どうしよう、あの人不審者だよね？
　だ、誰か……。そうだ、お父さんとお母さんを呼びにいこう！
　そう思って、ゆっくりあとずさったとき──。
　男の子が鋭い眼光をこちらに向ける。
「すぐに出ていく、だから騒ぐな」
　わっ、すごく低い声……。
　突然、話しかけられて、身体がすくむ。
　私は思わず、胸の前で両手を握りしめた。
　怖いはずなのに、どうしてだろう。

男の子の瞳が、どこか寂しげに揺れているように見えて……。
　その場から逃げだすことも、目をそらすこともできなかった。
息をひそめて、じっと男の子を観察する。
その顔のいたるところに、殴られたような痕があった。
　まくられたワイシャツからのぞく腕には、無数のすり傷。
　口端も切れているのか、赤い血がついている。
「怪我、大丈夫ですか？」
　怖かったけど、そう声をかけずにはいられなかった。
　だって、普通の人は怪我をしたら痛いものでしょう？
　私には感覚がわからないけど、出血してるし、かなりひどそう。
　びくびくしながら返事を待っていると、男の子はキッと私を睨みすえる。
「ひっ」
　つい、小さく悲鳴をあげてしまった。
　この人、「手負いの狼」みたい。
　うん、その例えがしっくりくる。
「ほっとけ」
　バッサリと拒絶されてしまった。
　ショックを受けていたら、男の子はズルズルと、バルコニーの柵に背を預けるようにして座りこんでしまう。
　顔色も悪いし、ひどい怪我をしているのに、ほっとくなんて無理だよ……。

私は思いたって、部屋を出る。
　時刻は夜中の1時半。
　きっと、お父さんもお母さんも寝てる。
　私はハンカチを洗面台で濡らして、リビングの棚から救急箱を手にすると、忍び足でもう一度部屋に戻る。
「すみません、そっちに行ってもいいですか?」
　カーテン越しに声をかけるけど、返事はない。
　仕方ないので、私はバルコニーに出る。
　男の子は片膝を立てて座ったまま、目を閉じていた。
「寝てる……?」
　目を瞬かせながら、私は恐る恐る男の子のそばにしゃがみこむ。
　救急箱を横に置いて、濡れたハンカチを男の子の口端にあてると……。
「──ふぐっ」
　骨ばった大きな手に、口を塞がれた。
　それだけじゃなく、私の身体はバルコニーの床に押したおされる。
　──お、襲われる!?
　今さらだけど、不法侵入してきた男の子を手当てしようだなんて、危機感がなさすぎたかもしれない。
　誰か助けて……!
　目じりに浮かんだ涙の粒が、頬を伝ったとき。
　男の子はハッとしたように目を見張る。
「なんだ、お前か……驚かせんな」

いやいやいやいや、それはこっちのセリフだよ。

　なにが起こったのかわからないまま、私は男の子を見上げた。

　すると感情の凪いだ彼の冷たい瞳に、私の顔が映りこむ。

　寂しそうな目……。

　押したおされたっていうのに、変だよね。

　それを見たら、怖いとは思えなくなった。

「追っ手に気づかれたかと思ったけど……」

　男の子は途中で言葉を切り、バルコニーの柵の隙間から、家の塀の外を見る。

　時間も時間なので、通行人は当然いない。

　でも、遠くに見える都会のネオンの光は夜も眠らずにギラついている。

「あいつらも、俺が他人の家に隠れてるとは思わねえだろうな」

　男の子は私の口から手を離して、前髪をかきあげた。

　その整った顔に、トクンッと胸が高鳴る。

　きれいで、男らしくて、かっこいい。

　陳腐な感想が頭を駆けぬける。

　それにしても……。

「追っ手とか、隠れるとかって……？」

　物騒な単語がいくつか聞こえた気がするんだけど。

　問うように彼を見れば、頭をガシガシとかいている。

「俺、"狼牙"っていう族にいるから、"紅嵐"の連中によく目をつけられんだよ」

「族、ですか!?」
　珍しい客人の来訪に、私は少しだけウキウキしながら尋ねる。
「ちなみに、どこの王族の方なんですか？」
「……は？」
　口をあんぐりと開ける男の子。
　そのクールな表情が初めて、崩れた瞬間だった。
　あれ？
　なにかが噛み合っていないみたい。
　ふたりでキョトンとしていると、なにかに気づいたらしい男の子は納得したようにため息を吐く。
「いや、それは族違いだろ」
「ああ、遠いどこかの国の王族の方では？」
「ちげえよ！　族ひとつでそこまで妄想できるとか……。お前、小説家にでもなれんじゃねぇの」
「小説家ですか？　いいですね。私、本大好きなので」
　にっこり笑ってそう言うと、男の子は呆れ疲れたような顔をした。
「冗談だっつの……。それから、俺が言ってるのは"暴走族"のほうだ」
「ああっ、そうでしたか！」
　パンッと両手を合わせたら、男の子は目を丸くする。
「驚かないんだな、暴走族に対しては」
「えっと、それってびっくりするようなことですか？」
「は？　普通、怖がるだろ」

「あー……私、普通っていう言葉からかけ離れているのかもしれません」

 痛みを感じないことと同じで、私はきっとみんなと感覚がずれているのかもしれない。

 自嘲気味に笑うと、男の子がいぶかしむように見てくる。

 その視線を断ちきるように、私は身体を起こした。

「そんなことより、傷の手当てをしないと」

 気を取りなおして、男の子の口端にハンカチをあてる。

「いてっ、余計なことすんな」

 顔をしかめた男の子には悪いと思ったけれど、問答無用で傷に絆創膏を貼っていく。

「私、広瀬蕾といいます。あなたは、なんていうお名前なんですか？」

「……榎本夜斗」

「や、と……どういう字を書くんですか？」

 そう聞くと、彼はコンクリートの床に指で漢字を書いてくれる。

「夜斗、夜斗くん。どうぞよろしくお願いします」

「よろしくって、もう会うこともないだろ」

「えっ、もう会いにきてくれないんですか？」

 せっかく出会えたのに。

 これもなにかの縁だって思えたのに。

 これっきりだなんて寂しすぎる。

 がっくりと落ちこんでいると、夜斗くんは「あー……」と渋い顔をしながら髪をかきあげた。

「お前、何歳なの」
「え？　15です」
「同い年か。高校はこの辺か？」
「女子学院です。ここから15分くらいの所にある……」
「俺、その隣の東葉高校に通ってるから」

　そこで会話が終了する。

　通ってるからって……会いにいってもいいってこと？

　だけど私、学校が終わったらすぐにお母さんの車で帰宅しなくちゃいけないから、会えないだろうな。

　中学1年生のときのあの事件から、両親は私が登下校中に怪我をしないように、車で送り迎えをしてくれている。

　私が人と接触するのを、よく思っていない。

　それくらい、私を守りたいというふたりの気持ちは歪んでしまっていた。

「おい、どうした」

　考えこんでいたら、夜斗くんが心配そうに顔をのぞきこんできた。

「いえ、なにも……。あの、暴走族ってなにをしてるんですか？」

　両親の思いを素直に受けいれられなくて、気持ちが沈んでしまうのを悟られないように、私は話を変えた。

「別になにも。縄張りを守る、仲間を守る、ただそれだけだ」
「……っ、カッコいいです！」

　パチパチッと拍手をすると、夜斗くんはまた私の口を手で塞ぐ。

「ふぐっ」
「声がでけえよ、静かにしろ」
　私はコクコクとうなずいて、夜斗くんの手を口から剥がすと頭を下げる。
「ご、ごめんなさい」
　夜斗くん、追われてるんだった。
　それにお父さんとお母さんも起きちゃうし、もうちょっと声を抑えないと。
　そう反省しつつ……。
　私は身を乗りだして、夜斗くんに顔を近づける。
「なんだ」
　夜斗くんは少しだけ身をのけぞらせて、わずかに目を見張った。
「あの、ほかにも夜斗くんのいる世界のことを教えてくださいっ」
「……は？」
　唖然としている夜斗くんの両腕をギュッと掴む。
「狼牙のお仲間さんは、どんな人たちなんですか？」
「そんなん、普通の……」
「集団でバイクに乗って、道路を占領しちゃったりするんでしょうか！」
　まくしたてるようにしゃべると、夜斗くんが私の肩を掴んだ。
　それから、距離を取るように軽く押す。
「落ちつけ、お前は質問ばっかだな」

呆れまじりにそう言われて、やってしまったと気づく。
「私、また声が大きくなってましたか？」
「大いに響きわたってる」
「うっ……ごめんなさい」
　今を逃したら、夜斗くんのような外の世界の人と話せる機会はもうないかもしれない。
　そう思って、焦ってたのかも。
「別に、俺は逃げねえから」
「はい……」
「ゆっくり、ひとつずつ質問しろ」
　座りなおして、腰を落ちつける夜斗くんにほっとする。
「そうします」
「たしか、狼牙の仲間のことだったな」
「は、はいっ」
「どんなって聞かれると、言葉にするのは難しいが……」
　考えるように視線を宙に投げた夜斗くんは、すぐにふっと笑みをこぼす。
「ひと言で表すなら、人を大事にできるいいやつらだ」
　さっきまでの冷たい瞳が嘘みたいに、柔らかくなる。
「夜斗くんにとって、すごく大切な人たちなんですね」
　彼の表情を見たら、それは一目瞭然だった。
「そうだな……俺を受けいれてくれたやつらだ。だから、これからは俺も仲間のために強くなるって決めてる」
　自分の拳を見つめて、誓うように言った夜斗くんの目には決意が浮かんでいた。

「その気持ち、きっとみんなにも届いてると思います」
「そうだと、いいんだけどよ」
　私たちの周りにある空気が穏やかになる。
　それはむきだしだった夜斗くんの警戒心が、少しだけ薄れたからかもしれない。
「そう言えば、質問もうひとつあったな。たしか……バイクに乗るのかって話だったか」
　思い出したように尋ねてくる夜斗くんに、私は強く首を縦に振る。
「あ、はい！」
「俺も乗りまわしたいのはやまやまなんだけどな。総長から『暴走族だろうが、犯罪には手は染めるな』ってきつく言われてんだよ。だからちゃんと、16になってから免許は取る」
　夜斗くんは苦い顔で髪をかきあげる。
　最近の暴走族は意外と真面目らしい。
「その総長さんは、みなさんの将来のことをちゃんと考えてくれてるんですね。なんか、お父さんみたい」
「そうだな……あの人が父親だったら……」
　一瞬、夜斗くんは思いつめたように遠くを見つめた。
「大丈夫？」
　心配になって声をかけると、夜斗くんは首を横に振った。
「なんでもない、気にするな」
　なんでもないような顔じゃなかった。
　だけど、触れられたくないことなのかもしれない。

誰しも、そういうことってあるよね。
　私だって無痛症のことを知られたくないから、普通の人のフリをしてる。
「それならよかったです」
　痛い傷を突いてしまわないように、私は気づかないフリをした。
　そのとき、部屋から「蕾、蕾」と声が聞こえてくる。
「なんだ、誰かいるのか？」
　夜斗くんは警戒するように、私の部屋のほうを睨む。
　私は苦笑いをして、夜斗くんの手を握った。
「会わせたい子がいるんだ」
　こっちに来てとばかりにその手を引っぱると、夜斗くんはとまどいながらついてきてくれる。
　夜斗くんを部屋に招きいれると、私は鳥籠を指差した。
「セキセイインコのモイラ。すごく頭がよくて、人の言葉をたくさん覚えてるんだよ」
　インコの中でも、おしゃべりだと言われている種類だ。
　夜斗くんはインコを見たことがないのか、もの珍しそうにモイラを凝視(ぎょうし)している。
「珍しい名前だな」
「モイラはギリシア語で『割りあて』っていう意味なんだ。人間にとって寿命って、割りあてられるものだと考えられてたんだって」
　私は読んでいた本で知った、モイラの意味について語る。
「それにちなんで、人の寿命——運命は、『割りあて』『紡(つむ)ぎ』

『断ちきる』糸の長さに例えられたの」
　私は鳥籠を開けて、モイラを手の甲に乗せた。
「運命の糸を紡ぐ女神様、その長さを測る女神様、割りあてられた糸を断ちきる女神様……。こうやって寿命が決まると言われていて、モイラはいつしか運命の女神を指すようになったみたい」
「じゃあ、こいつには運命って意味があるのか」
「うん」
　モイラを見つめながら感心している夜斗くんに、私はくすっと笑いながらうなずく。
　インコを見ながら、少しだけ顔をほころばす夜斗くんがかわいかったからだ。
「お前はもの知りだな」
「本ばかり読んでるからね」
　部屋に閉じこめられているときは、本が私の友だちだった。
　会える人は親友と小さい頃から付き合いのある幼なじみだけ。
　でも、毎日会えるわけじゃない。
　だからひとりのときは心の穴をうめるように物語の世界に入って、寂しさから目をそらしてきた。
「すげえな。俺は文字を読むのが嫌いだから、本を開いたらすぐにあくびが出る」
「ふふっ、なら私が読んだ本の話をするよ。それなら、聞いてるだけでいいでしょう？」

「それ、すげえ名案」
「じゃあ、きっと誰でも知ってる『ロミオとジュリエット』から……」

　私たちはバルコニーに戻り、柵に背を預けて座る。

　夜斗くんとモイラに、シェイクスピアの戯曲のストーリーを語りきかせた。

　舞台は14世紀のイタリアの都市、ヴェローナ。

　血で血を洗う抗争に巻きこまれている皇帝派のモンタギュー家のロミオと、教皇派のキャピュレット家のジュリエットは恋に落ちる。

　修道僧のもとで密かに結婚をするけれど、ロミオはキャピュレット家の甥(おい)に親友を殺され、仇(かたぎ)を討ってしまう。

　そこから、両家の争いは激化した。

　そしてジュリエットはロミオと引きはなされ、別の男性と結婚させられそうになる。

　修道僧はそんなジュリエットに、24時間仮死状態になる薬を飲み、死んだことにすること。目覚めたらロミオと駆けおちするという策を授ける。

　しかし、その策はロミオには伝わらず……。

　愛する人が死んでしまったと思ったロミオは、ジュリエットのあとを追って毒薬を飲んだ。

　目覚めたジュリエットも事のなりゆきを知って、ロミオの短剣で自害。

「モンタギュー家とキャピュレット家はふたりの死を悲しみ、その死によって両家の争いは終わりました。これが、

ロミオとジュリエットの物語だよ」
　話しおえて、夜斗くんを見る。
　すると、なぜだか腕を組んで難しい顔をしていた。
「くどいな」
「……へ？」
　唐突なうえに、ぞんざいな感想が返ってきて、私は間抜けな声をだしてしまう。
　そんな私に気づいているのか、いないのか。
　夜斗くんは淡々と感想を語りだす。
「好きなやつと添いとげるために死んだフリをするとか、そもそも家が敵対してるからって、いちいち修道僧に相談しにいくのもくどい」
「…………」
　火がついたように弁論を始める夜斗くんに、私はぽかんとしてしまう。
　そんな私を置いてきぼりにして、夜斗くんは話しつづける。
「ふたりが本気でそばにいたいと思うんなら、家なんてさっさと捨てて、駆けおちでもなんでもすればいいだろ」
　きっと夜斗くんは、好きな人のためなら家も人もなにもかも捨てられる、情熱的な恋をする人なんだろうな。
　それは、女の子からしたらうれしいけど……。
「私は少しだけ、ふたりの気持ちがわかります」
「うじうじタイプか」
「そう言われちゃうと、悲しいんですけど……」

苦笑いしつつ、私は思ったことを素直に話す。
「ふたりは家族や友だちに対しても愛情をもってたから、簡単にバサッと繋がりを切れなかったんじゃないでしょうか」
　私はそう言いながら、手の甲に乗っているモイラの頭を指先でちょいちょいとなでる。
「恋人か家族か、なんて……天秤にかけられるものじゃないと思います」
　だから、恋人の一族の甥を親友のためにと殺してしまった。
　そんなことをすれば、なおさら……。
一緒にいられなくなるのは、目に見えていたはずなのに。
　……私もそう。
　家族が大切だからこそ、自由になりたいという気持ちを押しころしてる。
　自分の気持ちだけを優先できないことって、あるんだ。
「俺は、子どもの気持ちを考えられない親なんて、さっさと切りすてればいいと思うけどな」
「……っ」
「あとあと、障害になるだけだ」
　迷いがないその言葉は、私の心に突きささる。
　家族とうまくいってないのかな。
　そんなふうに勘ぐってしまうほど、夜斗くんの顔からは表情が消えていた。
　胸がキュッと締めつけられるのを感じていると、それに

気づいた夜斗くんの手が私の頭に乗る。
「考え方なんて、人それぞれだ。理解できなくても、所詮(しょせん)は他人なんだから仕方ない」

夜斗くん……。

励ますつもりで言ったなら、それは逆効果だよ。

私は今、夜斗くんに"お前には理解できない"って突きはなされたように感じたから。
「私は……納得できるかは別として、夜斗くんの考え方も理解したいって思う」

ぽつりと本音を言うと、夜斗くんは片眉(かたまゆ)を持ちあげる。
「他人のために、どうしてそこまでできるんだ?」
「他人のためにというか……。私はもう、夜斗くんとは友だちになれてるって思ってまして……」

自分でもどうして初めて会ったばかりの、それも不法侵入までしてきた暴走族の彼にこんなにも心を許してるのか、よくわからない。

わからないけど、たぶん。

夜斗くんが私と同じで、寂しさを抱えている人だと、そう感じたからかもしれない。
「だから、もっと仲良くなれるなら、理解することをやめたくない……です」

語尾がどんどんしぼんでいく。

一丁前なことを言ってしまったけど……。

私は友だちがたくさんいるわけじゃない。

でも、これだけはわかる。

他人だから理解できないのは仕方ない。
　そうやってあきらめてしまったら、永遠にその人のことを理解することはできないって。
「相手に興味をもって、その考えをわかりたいって思って初めて、誰かの心に住むことができるんじゃないかな」
　偉そうなことを言ってるのかもしれないけど。
　私とは違って外の世界にいる夜斗くんなら、もっと自由に人と繋がれるはずなのに、もったいない。
　その機会を無駄にしないでほしい。
　そんなふうに、あきらめたような目をしないでほしい。
「なにがあったのかは、わからないけど……」
　夜斗くんに向きなおると、モイラがパタパタと羽ばたいてバルコニーの手すりにとまる。
　私はモイラに見守れながら夜斗くんの手を取って、包むようにギュッと握った。
「すべてを理解することはできないかもしれないけど、夜斗くんを理解したいって気持ちはもらってくれるとうれしいです」
「蕾……」
　みるみると目を見開いた夜斗くんは、初めて私の名前を呼んだ。
　その瞬間、なぜか心臓がドキリと跳ねた。
　なんだろう、この感じ……。
　服の胸もとあたりを押さえていると、夜斗くんがふっとその目を細める。

「お前って、変わってるな」
「そうかな？」
「かなり……な」
　微笑を浮かべて、夜斗くんは立ちあがる。
　それからお尻についた砂を叩いて、バルコニーの柵に手をかけた。
「追っ手も撒けたみたいだから、そろそろ行く」
「あっ……また来てくれますか？」
　柵を乗りこえようとする夜斗くんに、勇気を振りしぼって声をかけた。
　すると夜斗くんは振り向いて、ふっと笑う。
「気が向いたらな」
　そう言って、軽く手を挙げて去っていった。
　それを見計らったようにモイラが私の肩に飛んでくる。
「モイラ、今日は夜斗くんにも会えたし、素敵な夜になったね」
「ステキ、ステキ」
「ふふっ、そうだね」
　私の知らない外の世界からやってきた、夜を擬人化したような人。
　もっともっと、きみのことを知りたい。
「また明日、来てくれるといいな……」
　満天の星空の下に現れた、突然の訪問者。
　想像もしていなかった出会いに、本の１ページをめくったときのような胸のワクワクを感じながら──。

私は夜斗くんが姿を消したバルコニーの柵に手をつき、いつもより優しい夜風に目を閉じたのだった。

○Episode 2 ○　きみがくれる煌めき

【蕾side】
　夜斗くんが現れた、夢のような夜が明けて。
　私は女子学院の保健室で、ひとりで自習をしていた。
『次の授業、ナカムーとか最悪』
『ああ、中村先生ってめっちゃあててくるもんね』
　保健室の外の廊下から、賑やかな声が聞こえてくる。
　友だちと移動教室か……。
　いいな、私もそんなふうに学校生活を送れたら、楽しかっただろうな。
　高校に入学してから２週間。
　私は教室に一歩も足を踏みいれたことがない。
　保健の先生は授業中になると会議で保健室を不在にすることが多く、ここにはほとんど私ひとりだった。
　いつも私の周りは静かで、人の声が遠い。
「はあ……早く夜にならないかな」
　もし、今日また夜斗くんが会いにきてくれたら、なにから話そうって胸が高鳴る。
　夜斗くんのことで頭がいっぱいだった。
　それはもう、寂しさを忘れるくらい。
「ふふっ、会いたいな。話したいな、もっと」
　保健室に私以外誰もいないのをいいことに、ついついニヤけていた。

そんなとき、スクールバッグの中でスマートフォンが震える。

こっそり画面を見ると……。

【要：今日、一緒に帰ろう】

同い年の幼なじみ、周防要からメッセージが届いていた。

「要、今日はピアノ教室お休みなのかな」

要のお母さんはプロのピアニスト。

そして、お父さんは有名な指揮者。

その影響なのか、要も小さい頃からピアノを習っている。

家が隣同士なので、私は要の家から聴こえてくる演奏にこっそり耳をかたむけるのが好きだった。

そんな音楽一家の周防家とうちは、家族ぐるみの付き合いがある。

要にピアノ教室やそうじ当番などの用事がなければ、うちの車で一緒に帰ることもしばしばあった。

【蕾：校門で待ってるね】

私はそう返事をして、スマートフォンをカバンにしまう。

そして、黙々と課題をこなした。

「おーい、蕾！」

放課後。

女子学院の外へ出ると、はつらつとした声が飛んでくる。

隣にある東葉高校の門のほうを振り向けば、自転車を押しながら親友の城築透ちゃんが出てきた。

「透ちゃん！」

ボーイッシュな黒髪のショートヘアーで、女の子にしては165センチと背も高い彼女は、私の着ているセーラー服とは違って、ワイシャツとスカート姿だ。
　剣道部のエースなのだけれど、制服を着ているところを見ると、今日の部活は休みらしい。
「迎えの車を待ってんのか？」
　女の子だけど、男らしい口調。
　彼女のこういう姉御肌なところが、私は好きだ。
「うん、あと要も待ってるんだ」
「そうか、ならもう少しで来るだろ。さっき、要と下駄箱で会ったから」
　私の体質のことを知っている透ちゃんは、なにも言わずに隣に立つ。
　部活があってもなくても、いつも車が来るまでこうして一緒に待ってくれるのだ。
「私も、ふたりと同じ高校だったらよかったのになあ」
　要と透ちゃんは東葉高校に通ってる。
　もちろん、私も同じ学校に行きたいと両親に言った。
　けれど、許してもらえなかった。
　中学からエスカレーター式の、この女子学院に進んだのには理由がある。
　男の子にぶつかられて怪我をすることがなく、安全だからだ。
「ごめんな、ずっと蕾と一緒にいてやれなくて」
「ううん、透ちゃんの気持ちはわかってるよ」

透ちゃんとは、女子学院の中等部まで一緒だった。
　でも、あの事件——。
　変質者に私が刺された日から、透ちゃんは強くなるために剣道部のある高校に入学すると決めたらしい。
　町の道場に通って剣道の腕を極めると、女子学院の高等部には進学せずに、剣道部がある東葉高校に入学した。
　私の体質が透ちゃんの人生を変えてしまった。
　その事実が重く胸にのしかかっている。
「透ちゃん、学校は楽しい？」
　私のせいで進路を変えた彼女が、今の生活を楽しめていますように。
　そんな願いをこめて尋ねる。
「おう。ここの剣道部は先輩後輩関係なく、実力主義で大会に出れるからな」
「入学してまだそんなに経ってないのに、もう先輩を倒しちゃってるなんて、すごいよ」
　部内のトーナメント戦で、新入生が優勝するという偉業(いぎょう)を成し遂げた透ちゃん。
　すでにエースとして、監督や先輩から期待されているんだとか。
「あたしはただ、蕾を守りたいだけだよ」
「うん……ありがとう」
　ズキズキと痛む胸を悟られないように、私は笑う。
　それから、そっと透ちゃんの手を握った。
「でもね、透ちゃんが自分の人生を楽しいって、幸せだなっ

て思えることが私はいちばんうれしいんだからね？」

　私のために生きるのではなく。

　自分のために、時間を使ってほしい。

　それが、私の願いだった。

「わかってる。こうして剣道の道を作ってくれた蕾のおかげで、あたしは今最高に楽しいよ」

　私の手を握り返して、ニッと笑ってくれた透ちゃんに、ほっとした。

　心からそう思ってるとわかる笑顔が、目の前にあったから。

「蕾、待たせてごめん」

　透ちゃんと笑いあっていると、後ろから声をかけられた。

　振り返れば、唇の右下にあるほくろが印象的な幼なじみの要がいた。

「ああ、透も一緒だったのか」

「うっす」

　焦げ茶色の癖毛（くせげ）の髪を揺らしながらこちらに近づいてくる彼に、透ちゃんは軽く手を挙げる。

　要はワイシャツのボタンを上までとめ、ネクタイもしっかり締めている。

　腰パンもしていないし、上から下まできっちりと制服を着こなしていた。

　肌も白く中性的な顔立ちで、その甘いマスクにうちの女子学院の生徒たちからも人気がある。

「要、今日はピアノ教室お休みなの？」
　私が気になっていたことを尋ねると、要はにっこり笑う。
「ああ、今日は夜に母さんの演奏を聴きにいくんだ」
「へえ、夜に……」
　そう返事をしたとき、ふいに夜斗くんのことを思い出す。
　たしか、夜斗くんも東葉高校に通ってるって言ってなかった？
　同い年だし、透ちゃんや要も知ってるかもしれない。
「あの……ふたりとも、夜斗って名前の人知らない？」
　私の唐突な質問に、透ちゃんは首を傾(かし)げる。
「夜斗……ああ、榎本のことか」
「そ、そうそう！」
「うちのクラスにいるけど、あいつ人を寄せつけない威圧(いあつ)感みたいなの放ってるからな。話したことはないぞ」
「じゃあ、透ちゃんの知り合いなんだね!?」
　つい食いつくと、要は微笑を崩さないまま顎(あご)をさする。
「なんで、そいつのことが気になるの？」
「えっと、なんとなく風の噂(うわさ)で聞いて……」
「ふうん。じゃあ、誰に聞いたの？」
「それは……」
　苦しまぎれの私の嘘は、要にも透ちゃんもお見通しなんだろう。
　だったらかまうもんかと、開きなおることにする。
「ともかく、これから会わせてもらえないかな」
　そうお願いすると、要に手を掴まれた。

「ダメだよ、蕾」
「でも……」
「早く帰らないと、ご両親が心配するって」
「それは……そうだけど……」

　お父さんもお母さんも、私のせいで変わってしまった。

　私を閉じこめておかないと、不安でたまらないんだ。

　それを「おかしい」「間違っている」という言葉で片づけるのは簡単だけど……。

　私への愛情ゆえにと思うと、ふたりの考え方を否定することはできない。

「そう……だよね。早く帰らないと、お父さんもお母さんも、心配するよね」

　それどころか、取りみだして学校にすら行かせてもらえなくなるかもしれない。

「ああ、ちょうど迎えも来たことだし」

　要の視線を辿ると、目の前に黒い車が止まる。

　運転席にはお母さんがいた。

「それじゃあ……透ちゃん、またね」
「蕾……それでいいのか？」
「え？」
「本当は、今のままでいるのがつらいんじゃないのか？」

　眉をハの字にする透ちゃん。

　彼女から投げかけられた問いは、痛いくらいに胸に刺さった。

「蕾、あたしにできることがあったら──」

「いいの」

　これ以上の自由を望んでしまわないように、強い口調で透ちゃんの言葉を遮った。
「ありがとう、透ちゃん」
　その気持ちはうれしい。
　だけど、私はみんなのことが大好きだから……。
　みんなを不安にさせたくない。
　思い出されるのは、私が変質者に刺されて病院で目覚めたときのこと。
『どうして、痛みを感じないからって無茶をするのっ』
『お前の身体は普通の人間と変わらないんだぞ！』
　お母さんとお父さんの言うとおり。
　私なら大丈夫だって過信したせいで、私は大切な人たちの心を傷つけた。
　人の命は自分だけのものじゃない。
　私を大切に思ってくれている人たちのものでもあるんだ。
「透、もう二度と蕾にあんな目に遭ってほしくないだろ」
　要が透ちゃんの視線を断ちきるように、私の前に出る。
「だけど、今の蕾は我慢してる気がして……」
「蕾がいいって言ってるんだ」
　語気を強めた要に、透ちゃんが息を呑む。
　それでも引きさがれないとばかりに、透ちゃんは言いかえす。
「それは口だけだろ？　蕾の顔を見たら、本心じゃないこ

とくらい、要ならわかってるはずじゃんか」
「それ以上、蕾を惑わすようなことを言うな。それに俺は
……守られるだけだった透のことも許してない」

　私には要の背中しか見えないから、どんな顔をしているのかはわからない。

　だけど、いつも笑顔で柔らかい空気をまとっているはずの要が、今は怖くてたまらなかった。

　だって、聞いたこともないくらい低い声。

　温厚な彼からは耳にしたこともない辛らつな言葉。

　──ああ、私は要の心さえも傷つけてしまったんだ。

　自分の罪を再確認した瞬間だった。
「もうやめて。要、行こう」

　私は要の手を引いて、その場を立ちさる。
『本当は、今のままでいるのがつらいんじゃないのか？』

　透ちゃんの問いが、頭の中でぐるぐると回っている。

　つらいけど、大切な人たちの人生を狂わせおいて、自由なんて望んじゃいけないんだよ……。
「蕾のそばには俺がいるよ」

　隣を歩く要がそう言ってくれるけど、心は晴れない。
「うん、ありがとう」

　心のこもっていないお礼。

　今はどんな言葉も、私をむなしくさせる。

　私は胸の前で爪が食いこむほど拳を握りしめると、迷いを振りきるように車に乗りこんだ。

「モイラ、今日ね……。透ちゃんから、今のままでいいのかって言われたの」
 夜、私はベッドの上でいつものように膝を抱えながらモイラに話しかける。
 電気もつけずに、まっ暗な部屋の中。
 モイラはじっと私を見つめている。
 その無垢な眼差しに、心の中まで見透かされてしまいそうで、私は視線をそらす。
「私……私はね。ずっと秘密にするつもりだったのに、絶対に言わないって決めてたのに……」
 危うく、口走りそうになった。
 うっかり、本当は自由になりたいんだって言いそうになった。
「本当、心が弱いよね」
 両手で顔を覆うと、モイラの「来た、来た」という声が聞こえる。
 顔を上げると、バルコニーにまた人影があった。
 まさか……!
 期待に胸がふくらんで、私は勢いよくベッドを降りる。
 ネグリジェの上からカーディガンを羽織り、裸足のままバルコニーに出ると──。
「……よう」
 バルコニーの柵に腰かける、制服姿の夜斗くんがいた。
「来てくれたんですね!」
 私は駆けよって、その首に思いっきり抱きつく。

「──っ、落ちるだろうが」
　後ろによろめいた夜斗くんは片手で私の身体を受け止めると、なんとかもちこたえる。
「ごめんなさいっ、うれしくてつい……」
「……あのなぁ。2階から落ちたら、お前も無事じゃすまねえんだぞ」
　そう言うわりには、夜斗くんの表情が微動だにしない。
　もはや、いかなるときも取りみださない！という彼の特技なんじゃないかと思った。
　私は身体を離して、改めて夜斗くんを見上げる。
「今さらなんですけど、ここ2階なのにどうやってバルコニーまで来てるんですか？」
「木を伝って」
　平然と言ってるけど、うちの桜の木は結構な高さがある。
　運動神経がいいんだな。
　思い返してみれば、さっき抱きついたとき……。
　彼の身体は、細身に見えて意外とがっしりしていた。
「夜斗くんは、身体を鍛えているんですか？」
「なんだ、藪から棒に」
　怪訝な顔をして、その場にしゃがみこむ夜斗くんの隣に私も腰をおろす。
「ほぼ毎日バーテンのバイトをしてるから、重い酒ビンを大量に運ぶこともある。だから筋肉がついたんだろ」
　そう言って服の袖をまくった夜斗くんの腕は、ほどよい筋肉がついていた。

バーテンって、バーテンダーのことだよね。
「未成年なのに、バーで働いて大丈夫なんですか？」
「総長の仕事先、紹介してもらったんだ。未成年ってことは秘密にしてもらってる」
　バーって遅い時間までやってるし、大変そう。
　高校のあとにほぼ毎日バイトするなんて、お小遣い稼ぎって感じではなさそうだけど……。
「なにか、働かなきゃいけない理由があるの？」
　失礼だとは思ったけれど、気になって聞かずにはいられなかった。
「高校卒業したら、すぐにひとり暮らしできるように、金貯めときてえんだよ」
　夜斗くんは特に気にした様子もなく、教えてくれる。
「ひとり暮らし……夜斗くんは、すごいですね」
　思ったことをそのまま伝えれば、夜斗くんのどういう意味だ？と言いたげな視線が向けられる。
「自分の力で生きていくんだって、そんな強さを夜斗くんからは感じます」
「お前は……」
　眉間にしわを寄せて、夜斗くんは口をつぐむ。少しして、深く息を吐きだすと、夜斗くんは私をまっすぐに見つめた。
「どうして、そんなあきらめた目をしてんだよ」
「っ……どう、して」
　唐突に核心を突かれた私は、ごまかすことも忘れてうろたえる。

私、顔に出てた？
　　平気なフリは、得意なはずだったのに。
　　それとも、夜斗くんだからわかってしまったんだろうか。
　　きっとそうだ。
　　それを見抜いてしまう人なんだ。
　　心に、私と同じ影を抱えているから。
「お前だって、自分の力で生きていけるだろ」
　　その言葉にギクリとしたけれど、私はいつものように曖昧に笑ってごまかす。
　　でも、それは許さないとばかりに夜斗くんが顔を近づけてきた。
「あ、えっと……。私、ここから出られないんです」
　　すごまれて、つい白状してしまった。
　　案の定、夜斗くんが怪しむように、眉間にしわを寄せる。
「出られない？」
「その……わけあって、学校でも保健室登校しなきゃならなくて、登下校も車なんだ。だから、寄り道もしたことがないし、普通の高校生活も知らないんです」
　　肝心なことは話さないで、状況だけ説明をする。
　　きっと夜斗くんには、意味がわからないだろう。
　　それでもいい。
　　今は、自分の中に蓄積したもどかしさを聞いてほしい。
　　そう思って、話を続ける。
「普通を知らない私が自分の力で生きていくなんて、できないなって……」

伝えられたのは、ここまでだった。
　その先は自分の体質のことを話さなきゃいけなくなるので、言えなかった。
　無痛症のことを知られたら、夜斗くんも私を過剰に守ろうとするかもしれない。
　もっと、自由を奪われてしまうんじゃないか。
　そんな恐怖から、それ以上を語ることはできなかった。
　しぜんと黙りこむと、私の言葉に耳をかたむけていた夜斗くんは静かに息を吐く。
「なにがあったかは、わからねえけど」
　夜斗くんの曇りない瞳が私に向けられる。
　逃げられない、本能でそう思った。
「自分の環境をなんで変えようとしない」
　夜斗くんは私の肩を掴み、真剣に問いかけてくる。
「俺は、この家に生まれたからとか、不幸を自分の境遇のせいにする考え方がいちばん嫌いだ」
　嫌いだと、はっきり自分の考えを否定されて、私の胸はチクッと痛む。
　だけど、不思議と悲しさはない。
　むしろ夜斗くんの意志の強さに感心している自分がいた。
「現状を変える努力もしねえで、ただ悲しい運命だったな……で終わらせたら、いつまでたっても未来はまっ暗なままだ」
　なにかを熱く語るようなタイプには見えなかったのに。

クールな彼が必死に「あきらめるな」って、伝えようとしてくれている。
「本当に夜斗くんは……強い人ですね」
　その迷いのない意志をまっ向からぶつけられると、私も彼のように強くなれるような気がする。
「現状を変える努力もしないで、ただ悲しい運命だった……で終わらせたら、いつまでたっても未来はまっ暗なまま。その言葉が、ここにグサッと刺さりました」
　手を当てた胸には、夜斗くんの言葉が強くいすわってる。
「私……いきなりぜんぶは無理かもしれないけど、少しずつ変えていきたいって思う」
　明日の朝、もっと自由にさせてほしいってお父さんとお母さんに頼んでみよう。
　せめて授業だけでもいいから、みんなと教室で受けたい。
「ああ、本当にほしいものなら簡単にあきらめるな。お前の人生は、お前のもんだろ」
　なんでかな、今の言葉にすごく救われた気がした。
「うん、がんばる」
「おう。じゃあ、これ」
　夜斗くんにグイッと、なにかを押しつけられる。
　それをとっさに受けとった私は、正体を確認するため、恐る恐る視線を落とした。
　するとそこには、クマのキーホルダーがある。
「かわいい……」
　その愛くるしさに癒やされていたら、ふっと笑い声が頭

の上から降ってくる。
　顔を上げると、穏やかな表情の夜斗くんと目が合った。
「手当ての礼と、お守り代わり」
「……っ、一生大事にするね」
　プレゼントをもらえたことよりも、夜斗くんの気づかいがうれしくてたまらない。
　泣きそうになりながら微笑むと、夜斗くんはふいっと顔をそらす。
「大げさ」
　短くそう答えて前髪をかきあげると、勢いよく立ちあがって私に背を向けた。
「また来る」
「あっ……うん、待ってます！」
　私からお願いしなくても、夜斗くんは自分からここに来ることを約束してくれた。
　彼は私にとって、外の世界そのもの。
　私の知らない世界を吹きこんでくれる新しい風。
　出会ってたったの２日なのに……。
　この世界中の誰よりも、私にとって特別な人になっていた。

○Episode 3 ○ 　私を連れだす王子様

【蕾side】
　翌日、1階のダイニングルームで朝食をとっていた私は、静かに箸をおいた。
　それから、向かいに座るお父さんとお母さんを見つめる。
「ふたりに話があるんだ」
　改まった様子の私に、お父さんとお母さんは顔を見合わせて、食事の手をとめる。
　いよいよだ……。
　ふたりに気づかれない程度に深呼吸をしながら、夜斗くんの言葉を思い出す。
『俺はこの家に生まれたからとか、不幸を自分の境遇のせいにする考え方がいちばん嫌いだ』
　私は心のどこかで、自由に生きられないのはこの体質に生まれてきたせいだと思っていたのかもしれない。
　それを夜斗くんに見抜かれてしまっていた。
『現状を変える努力もしねえで、ただ悲しい運命だったな……で終わらせたら、いつまでたっても未来はまっ暗なままだ』
　そう、体質や生まれを理由にあきらめるのは、ただ逃げているのと同じ。
　自分の望むように生きろと、背中を押してくれた彼の強さを私も見習いたいから……。

『ああ、本当にほしいものなら簡単にあきらめるな。お前の人生は、お前のもんだろ』

夜斗くんがくれた言葉たちに勇気をもらった、私は、意を決して告げる。
「私、授業はクラスのみんなと教室で受けたい」

そう口にした瞬間、ふたりの表情が凍りつくように固まった。

それでも私は、胸に積もっていた思いを吐きだしていく。
「放課後だって、もっと友だちと過ごしたい。だからお願い、許可してくれないかな？」

祈るような気持ちで返事を待っていると、バンッとお父さんが机を叩いた。

ビクッと肩を震わせて、恐々とお父さんを見上げる。

その顔は怒りからか、まっ赤になっていた。

身体も小刻みに震えていて、頭からなにかが噴火しそう。
「もし、クラスメイトが刃物を持っていたらどうするんだ！本当は学校にだって行かせたくないんだぞっ」
「お父さん、でも……。そんなこと言ったら、私はずっと家から出られなくなっちゃう」

大人になったら、社会に出て仕事をしなくちゃいけない。

職場まで、混雑する電車に乗らなきゃいけないかもしれない。

社会で生きていく限り、他人との接触は避けられないんだ。
「なに言ってるの。あなたのことは私たちがずっと面倒を

見ていくから、なにも心配しないで家にいたらいいのよ」
　お母さんはなんてことないというような顔で、平然と恐ろしいことを言う。
　ふたりは永遠に、私を自由にするつもりはないんだ。
「そうだ。義務教育でもないんだし、高校ももう行かなくていいだろう」
「待ってよ、お父さん。そんなの、無茶苦茶すぎるよ！」
「お前がおかしなことを言いだしたのは、学校で余計なことを吹きこんだやつがいたからだろう。そんな危険な人間がいる所へ、お前を行かせるわけにはいかない」
　感情がないような瞳。
　そんなふうに思わせてしまうほど、私はふたりに深い傷を負わせてしまったんだ。
　自分が犯した罪の重さになのか、それとも変わってしまった大切な人たちへの悲しみゆえか。
　つうっと、頬になにかが伝っていく。
「……っ、ごめんね。変なことを言って」
　そう言うと、お母さんは心から安堵したというように、ため息を吐く。
　私は一度、自分の命を軽んじて傷つけた。
　こんなに私のことを愛してくれてるふたりを……。
　これ以上、裏切っていいわけがない。
「じゃあ、ここにいてくれるわね？」
　お母さんの言葉に、私は泣きながらうなずく。
　永遠に手に入らない自由を悟ってか、はたまた両親への

罪悪感からなのか——。
　私の決意は、あっけなく折れてしまったのだった。

　両親から猛反対を受け、学校にすら行かせてもらえなくなった私は、自分の部屋に戻ってベッドに突っぷした。
「っ……どうして、うまくいかないんだろうっ」
　少しずつでも、今の状況を変えていきたい。
　そう決めたはずなのに、もう泣きべそかいたりして。
　こんな弱い自分は嫌い。
　簡単にあきらめる自分は、もっと嫌い。
　私は枕もとに置いてあるクマのキーホルダーを引きよせて、胸もとで握りしめる。
　これは夜斗くんにもらったものだ。
　そう、夜斗くんに……。
　彼のことを考えたら、目にじわりと涙がにじんだ。
　私に吹きこんだ、外の世界の風。
　きみと言葉を交わしたら、私も自由になれる気がした。
　でもそれは、私の錯覚だったんだと思う。
　結局、私は……。
　家族のためだから仕方ないって、思いどおりにならないことを誰かのせいにしてる。
「きっと夜斗くんは……こんな私を嫌いになるっ」
　だって彼は、不幸を自分の境遇のせいにする考え方がいちばん嫌いだって言ってたから。
「ふっ、うう……」

握りしめたクマのキーホルダーを額に押しつけながら、声を押しころしてひたすら泣いた。
　どのくらいそうしていたのかわからない。
　ふいに風が動いた気がして、顔を上げる。
　すると、まっ暗な部屋の窓枠に手をかけて立っている制服姿の男の子――夜斗くんがいた。
「なにしてんだよ」
　困惑をにじませた表情で、彼はそう言った。
「あれ……もう、そんな時間？」
　時計を見ると、針は午後11時を指している。
　部屋の扉には紙が差しこまれていて、そこには【夕飯は冷蔵庫に入れておきます】と書かれていた。
　お母さん、夕食の時間に呼びにきてくれたのかな。
　泣いてて気づかなかった。
　私が返事をしなかったから、こうして手紙を残したのかもしれない。
「おい、聞いて……」
　不自然に言葉を切った夜斗くんの視線は、私の手にあるクマのキーホルダーに注がれている。
「それは、俺があげたやつか」
「あっ……うん、ちょっと癒やされたくて」
「お前、泣いてたのか」
「――っ、どうして？」
「目じり」
　彼に言われて目じりに指で触れると、涙で濡れていた。

見られちゃったな。
　強いきみには、こんな情けない私を知られたくなかったのに。
「なにがあったんだよ」
　静かな問いが投げかけられて、私は今朝の出来事を伝える。
　私が高校に行かせてもらえなくなったことを知った夜斗くんは、腕を組んで眉根を寄せた。
「お前を閉じこめておく理由はなんだ。話を聞いている限り、これは軟禁だろ」
「それは……」
　体質のことを話せず、言いよどんでいると、夜斗くんは深いため息をつく。
「話せないことなら、無理には聞かない」
「ごめんなさい……」
「謝らなくていい。誰にも言えないことはあるからな」
　その声音は心なしか柔らかい。
　相変わらず無表情だけれど、彼は人の気持ちに敏感で優しい人なのだと思う。
「夜斗くんを信用してないわけじゃないんだ。これは私の問題。私が弱虫だから……」
　無痛症のことを知られてしまったら。
　夜斗くんも家の中でおとなしくしてろって、私を閉じこめるかもしれない。
「ごめんなさい」

何度も謝って、俯く。
　どんな顔で夜斗くんと向きあえばいいのか、わからなかった。
「お前は……身体だけじゃなく、心まで籠の中に閉じこめてるんだな」
　胸の奥を締めつけられるような切ない声が降ってくる。
　耳を塞ぎたくなるほど、夜斗くんの言葉は的を射ていた。私がただ唇を噛むことしかできないでいると、ふいに視界に光が射しこむ。
「自分の意思で動けない理由があるんなら、俺が連れていってやる」
「え？」
　顔を上げると、いつの間にか雲で陰っていたらしい月が顔を出し、夜斗くんのまっすぐな漆黒の瞳がこちらに向けられているのに気づいた。
「外の世界を見せてやる。だから俺と来い」
　私に手を差しのべている彼は、外の風。
　ううん……もっと強い、春の嵐のよう。
　その存在感に、私は思わず圧倒されていた。
「朝までに帰ってくれば大丈夫だろ。蕾が望むなら、この手をとれ。あとは俺に任せておけばいい」
　見つかったらと思うと、不安でたまらない。
　お父さんとお母さんの気持ちを考えたら、罪悪感もある。
　だけど……。
「私、夜斗くんのいる世界を見てみたい」

望んじゃいけないのかもしれない。
今日の選択を後悔する日が来るかもしれない。
でも、私の胸を突きうごかす期待と希望に身をゆだねてみたい。
「いくらでも見せてやる」
そう言って、さらに伸ばされた彼の手を掴む。
すると力強く、手を引かれた。
私はバルコニーにあるサンダルを足に引っかけて、柵を越える。
「俺が先に行く」
夜斗くんは身軽に桜の木を伝って庭に降りると、私に向かって手を広げる。
「た、高い……」
夜斗くん、これを毎回上り下りしてるんだ。
すごいな……って、感心してる場合じゃなかった。
私は恐る恐る桜の木に足をかけ、降りようとする。
「下は見るな、桜の木だけ見てろ」
そんなこと言われても、地上までの距離が気になるわけで……。
つい、注意されたのに下を見てしまった。
そのとき、ズルッと足が滑る。
「きゃっ」
落ちる……！
そう思ったとき、私の身体はたくましい腕に抱き止められる。

「危なっかしいな」

　私を抱きしめたまま見下ろしてくる夜斗くんは、少し呆きれた顔をしている。

　私はというと、あまりにも夜斗くんの顔が近すぎて、心臓が口から飛びでそうだった。

「ごごっ、ごめんなさい」

「蕾、声がでけえって」

「あっ、黙ります」

　両手で口を塞げば、夜斗くんが地面におろしてくれる。

「走るぞ、蕾」

　手をつなぎ直して、ふたりで夜の町へ飛びだす。

　うしろめたさは、あった。

　けれど、夜斗くんの手が力強く引っ張ってくれたから、私は迷いを振りはらうことができたんだ。

　夜斗くんが私を連れてきてくれたのは、家から30分の距離にある港の倉庫。

「ここが狼牙の拠点だ」

　私たちは空いている倉庫の入口から中へ入る。

　蛍光灯に照らされたそこは、大きなソファーや丸テーブルといった家具が置かれていて、生活感があった。

　見知らぬ顔……私がいるせいか、倉庫にいたカラフルな頭の男の人たちが、いっせいにこちらを見る。

　この人たちも、暴走族なんだよね？

　夜斗くんほどじゃないけど、みんな目つきが怖いな。

完全に恐縮しきっていた私は、知らず知らずのうちに夜斗くんの背に隠れて、ぎゅっとその服の裾を掴む。
　それに気づいた夜斗くんが私を振り向いた。
「大丈夫だ。こいつらは女に優しいから」
「そ、そうなの？」
「ああ、でも俺から離れるな。つまみぐいされても困る」
「う、ん？」
　それって……。
　大丈夫なのか、そうじゃないのか、どっちなの!?
　困惑していると、そこへ20代くらいの金髪の男性がもの珍しそうな顔で近づいてくる。
「おう、夜斗……と、お客さんか？」
「総長、すんません。蕾……こいつもときどき仲間に入れてやってくれませんか」
　夜斗くんが私の保護者みたいに頭を下げる。
　えっ、この人が狼牙の総長さんなんだ。
　もっと強面(こわもて)な人を想像してたな。
　気さくそうだし、子犬みたいに輝く瞳から天真爛漫(てんしんらんまん)さが伝わってくる。
　服ももっと金の竜とか、ヘビとかが刺繍(ししゅう)されたイカツイ感じのジャケットを羽織ってるのかなって思ってたけど。
　まさかの白のTシャツにジーパン姿で、普通にラフな格好だった。
「おう、かまわねえよ。そっちのお嬢さん、俺は佐竹斎(さたけ)だ。

よろしくな」
　ニカッと笑う表情も元気はつらつで、まぶしい。
　私は総長さんにつられて、笑みを返した。
「はじめまして、広瀬蕾です」
「どうもな！　それにしても……群れるのが嫌いな夜斗が誰かを連れてくるなんて、驚いたぜ」
　総長さんはうれしそうに私と夜斗くんの肩を抱く。
　なんか、お兄ちゃんみたいだな……。
　兄貴肌という言葉がぴったりで、狼牙の仲間たちも総長さんに尊敬の眼差しを向けている。
　みんなの顔を眺めていると、総長さんに顔をのぞきこまれた。
「飯は食ったか？」
「あ、食べそこねちゃいました」
　今日は学校にも行けなくなっちゃって、ずっと部屋で泣いてたから……。
　思い出して、また心が沈む。
　そんな私に気づいてか、夜斗くんが頭に手を乗せてきた。
「ここで一緒に食べればいい」
「夜斗くん……。うん、ありがとう」
　夜斗くんは「ん」と短く答えて、前を向く。
　私たちの会話を聞いていた総長さんは、優しい目で夜斗くんを見つめていた。
「飯、蕾さんのぶんも用意しましたよ！」
「つっても、カップ麺だけどな」

食事を用意してくれた狼牙の人たちがそう言って、場がどっとわく。
「蕾、夜斗と一緒にソファーに座んな」
「あ、ありがとうございます」
　総長さんに促されて、ソファーにちょこんと腰をおろす。
　そこでみんなで持ちよったらしいごはんを食べることになった。
　カップ麺ができるまでの間、コンビニでバイトをしているという仲間が持ってきた唐揚げをいただく。
「おいしい……。私、お腹空いてたんだ」
　さっきまで悲しくて苦しくて。
　空腹なんて微塵も感じなかった。
　だけど、ひとくち唐揚げを食べたら、お腹がぐうっと鳴る。
　お腹に手を当てていると、夜斗くんが私の紙皿に自分の唐揚げを分けてくれた。
「お前、軽すぎるから、ちゃんと食え」
「でも夜斗くんは男の子なんだし、もっと食べないと」
「俺のことはいい」
　夜斗くんが唐揚げを箸でつまみ、狙いを私の口に定める。
　そして、迷いなくブツを突っこんできた。
「ふぐっ」
　乱暴だけど、彼は意外と世話焼きなのかもしれない。
　そう思っていたら、テーブルにドンッとなにかがぶつかる。

その拍子にカップラーメンが倒れてしまい、服は無事だったものの、右手の甲にスープがかかってしまった。
「蕾さん、すんません！」
　テーブルにぶつかった仲間のひとりが焦ったように謝ってくる。
「お前ら、食べてる最中にふざけんな！　蕾、汁がかかっただろ、すぐに冷やしてきな」
　みんなを叱った総長さんは、心配そうにこちらを見る。
　私は安心させるように、にこりと笑った。
「このくらい、大丈夫です」
　私は温度感覚が人より鈍い。
　いや、ほぼ感じないと言ってもいい。
　だから手の甲は赤いけど、痛みは感じなかった。
「大丈夫なわけがないだろ」
　夜斗くんが私の右手首を掴んで立たせると、倉庫の奥にある流しに連れていく。
　赤く腫れてきた私の手の甲に流水をかけながら、眉間にしわを寄せた。
「染みるか？」
「ううん、こんなの全然平気だよ」
「俺の前では強がらなくていい」
　そうじゃないんだ。
　私、本当に痛くないんだよ。
　生まれつき、無痛症だから。
「うん、ありがとう」

彼の気持ちを無駄にしないために、寂しさを笑みの裏にしまいこむ。
　本当に大丈夫なのに、心配かけてしまうことが申し訳なかった。
「お前、様子が……」
　夜斗くんは、なにか言いたげな顔をする。
「結構冷やしたし、もう大丈夫だよ。そろそろ、みんなの所へ戻ろう？」
　私は秘密を悟られないように、とりつくろうように笑ってその場を乗りきろうとしたのだけれど……。
「いや、念のため、あと５分冷やす」
　夜斗くんはそう言って聞かず、意外と心配性であることが判明した。

　私たちがソファーに戻ってくると、テーブルには新しいカップ麺が置かれていた。
　それを食べおわると、みんなでゲームをすることになった。
　みんなが床やソファーに円を描くように座り、ゲーム機を構える。
「蕾ちゃん、これはみんなで通信してモンスターを狩りにいくゲームなんだよ」
　仲間のひとりがそう教えてくれた。
「ここに座れ、教えてやる」
　夜斗くんが私の手を引いて、足の間に座らせる。

そして私にゲーム機を持たせると、後ろから抱きしめるような形で手もとをのぞきこんできた。
ち、近すぎる……。
夜斗くんは、この距離でも平気なのかな。
耳に吐息がかかってどきどきしていると、視線を感じた。
向かいに座る総長さんが、じっと私を見つめているのに気づく。
「あの？」
耐えきれずに声をかけると、総長さんはふむふむとうなずいていた。
「いや、蕾の素直でふわふわしてるところが、前総長の奥さんにそっくりなんだよ」
前総長って……。
斎さんの前に、総長をやってた人ってことだよね。
どんな人だったんだろう、と考えていると、総長さんの視線が夜斗くんに移る。
「あと、夜斗の一匹狼みたいなところは、前総長に似てるんだよな」
「俺が蓮総長に……。会ったことはないですけど、強かったんですよね。俺なんか、まだまだ追いつけませんよ」
夜斗くんが自信なさげな発言をするなんて、珍しい。
振り返ると、彼はなにか思いつめたように目を伏せている。
いつも絶対的な強さをかもしだしているような人だったから、その表情が意外で、なんだか心配になった。

「夜斗くん、どこか痛いんですか？」
「いや、なんでもねえ」
「それならいいんですけど……」
　言葉とは裏腹に、夜斗くんの表情が曇っている。
　きっと、強がってるんだ。
　そう思ったらいても立ってもいられなくて、夜斗くんの手を握る。
　すると、当然だけれど夜斗くんは目を丸くした。
「なんだ」
「ううん、なんでもないです。ゲームのやり方、教えてくれますか？」
　言いたくないなら、無理には聞かない。
　だけど、そばにはいてあげたい。
　そんな思いをこめて、私はその手を強く握った。
「……気を遣わせたな」
　そう小さく呟（つぶや）いて、私の頭をぽんぽんとなでる夜斗くんがほんの少しだけ微笑んだ気がした。
　太陽みたいに強くはないけれど、淡い月明かりみたいに優しく灯（とも）るような感じ。
　夜斗くんって、こんなふうに笑うんだ。
「これで勝てたら、今度は蕾が行きたい所に連れていってやるから」
「本当に!?　だったら、絶対に勝たないとですね！」
　夜斗くんの言葉に私が意気ごんでいると、やりとりを聞いていた狼牙のみんなが吹きだす。

「なんかお前ら、保護者と娘みたいだな」
「いやいや、騎士(ナイト)気取りだろ。さりげなく自分のそばにおいて、悪い虫がつかないように牽制(けんせい)してるし」
「人を寄せつけない夜斗がこんなにかまう女の子は、蕾ちゃんが初めてじゃないか？」

　好き放題言っている仲間たちを無視して、夜斗くんが淡々とゲーム機の使い方を説明する。
「このAボタンで武器を変えられるから、お前はとにかく死なないように罠(わな)だけ張って走れ」
「それ、私がいる意味あるんでしょうか？」
「適材適所(てきざいてきしょ)だ。みんなの動きを見て、サポートする役がお前には合ってる」

　そうして始まったモンスター狩りのゲーム。

　1時間かけてなんとかみんなで追い込んで、ようやく狩りに成功した私たちは、全員でハイタッチして喜んだ。
「蕾ちゃんの罠、すごい的確だったよな」
「俺、死にかけてたから物資の補給で助かったよ」

　みんながいっせいに話しかけてくる。

　たかがゲームって思うかもしれない。

　だけど、誰かに必要とされるって、こんなにも心が満たされた気持ちになるんだ。
「私のほうこそ、守ってくれてありがとうございました」

　ぺこりと頭を下げて笑うと、みんなの動きが一瞬止まる。

　なんだか、凝視されているみたいだった。
「えっと……」

視線に耐えかねて、助けを求めるように夜斗くんを振り返ると、小さくため息を吐かれた。
「これ以上、ここにこいつを置いておくのは危険だな」
　ぼそりと謎の発言をして、夜斗くんは総長さんを見る。
「そろそろいい時間なんで、帰ります」
「えっ」
　夜斗くんに手を引かれて立たされると、逃げるように倉庫の入口へと歩いていく。
　そのあとを総長さんが慌てて追いかけてきた。
「蕾、夜斗のこと頼むな。こいつの居場所になってやってくれ」
「総長、なんつうお願いしてんですか」
　夜斗くんは困った顔をしているけど、総長さんの目は真剣だった。
　なので私は総長さんに向きなおる。
「私の居場所が夜斗くんなんです。だから、夜斗くんにとっての私もそうなれたらいいなと思います」
　これが素直な気持ちだった。
　私の言葉を聞いていた夜斗くんと総長さんは、驚いたように固まる。
「ほんわかしてるように見えて、結構鋭いところは、やっぱ似てるな」
　ボソリとこぼした総長さんは、夜斗くんの肩を叩く。
「しっかり守れよ」
「わかってます」

夜斗くんは迷いなく答えて、私の手を引いた。
「今日は、ありがとうございました！」
　私は振り向いて、狼牙のみなさんにそう伝える。
　すると、「また来いよ！」と温かい声をかけてもらって、私は胸がじんとするのを感じながら夜斗くんと倉庫を出た。
　しばらく暗い夜道を歩いていると、急に夜斗くんが足を止める。
「どうしたんですか？」
　前に出ようとすると、それ以上行くなとばかりに夜斗くんの腕が私の進路を遮る。
「面倒なのに見つかった」
　夜斗くんがそう言った途端、どこからかガラの悪い男たちが５人現れる。
「なに、この人たち……」
　緊迫する空気が不安を煽ってくる。
　私は無意識に、夜斗くんの服の裾を掴んだ。
「紅嵐の連中だ」
「それってたしか、夜斗くんと初めて会ったときに、追われてたっていう……」
「そうだ。縄張りの警備をしてる俺たちとは違って、族の人間だとわかったら誰彼かまわず襲いかかってくるチンピラだ」
　夜斗くんがそう説明すると、紅嵐のひとりが不気味な笑みを唇ににじませながら一歩前に出てくる。

「ずいぶんな言いようだな、おい」
「違いないだろ」
　動揺を微塵も感じさせずに、夜斗くんは拳を握りしめた。
「俺たちは族を仲良しごっこかなにかと勘違いしてる、名ばかりの集団を掃除してやってるんだよ」
　紅嵐のひとりが仲間に目配せをすると、いっせいに５人の男が襲いかかってくる。
「蕾、そこから動くな」
　そう言って駆けだした夜斗くんの背中に、私は叫ぶ。
「危ないよ！　お願いだから逃げよう！」
　そんな声もむなしく、夜斗くんは男たちの顔面に拳を食いこませていく。
　──ドカッ。
　耳を塞ぎたくなるような音。
「ぐああっ」
　ぎゅっと目を閉じれば、誰のものなのかも不明な悲鳴。
「散れよ、ぶち殺すぞ」
　この場にいる人間を竦みあがらせるほどの圧を放つ重低音。
　それが夜斗くんの声だとわかって、そっと目を開ける。
　眼前に広がるのは地面に倒れている男たちと、獣のようにぎらつく夜斗くんの瞳。
　怖い……。
　それは紅嵐の男たちにではなく、夜斗くんに抱いた感情だった。

夜斗くんが夜斗くんじゃなくなってしまう気がして、私は震える足を無理やり前へ動かす。
　行き先はもちろん、彼の所だ。
「夜斗くん、なんでこんな……」
　私を振り向いた夜斗くんの目は、光を失っている。
　頬や拳から血が流れていて、私の目にじわりと涙がにじんだ。
　ここまで、殴ることないのに。
　ここまで、きみが傷つく必要ないのに。
「やられる前に、やんのは当然だ」
　平然とそう言ってのける彼に、胸がチクチクと痛む。
　きっと夜斗くんは気づいてない。
　今のきみに表情がないのは、感情を押しこめなくてはいけない理由があるってこと。
　それが傷ついていることを、無意識のうちに隠そうとしているからだということに。
　夜斗くんがこんなふうに強くならなきゃいけなかったのは、なんでなんだろう。
　誰も守ってくれる人がいなかったからかもしれない。
　すべては憶測だけれど、彼の中で大事ななにかが欠けてしまっているのは確実だった。
「夜斗くん、帰ろう」
　私は彼の手を引いて歩きだす。
　これ以上、彼をここにいさせちゃいけない。
　紅嵐の人たちも怯えるように夜斗くんを見ていたし、夜

斗くん自身も普通じゃなくなっていたから。
「蕾、離せ」
「離さない」
「あいつらが二度とバカなことを考えないように、懲らしめねえと」
「それなら、ちゃんと言葉で説得して。それができないなら、私はあなたを連れて帰ります」

　強い言葉でそう言うと、もう反論はなかった。

　無言のまま私の家に戻ってくると、夜斗くんに支えられながら木を登り、バルコニーに戻ってくる。
「じゃあ、俺は帰るから」

　そう言って、背を向ける夜斗くんの手をとっさに掴む。
「怪我の手当てをさせてください。ほら、こっちに来て」

　グイグイと彼の手を引いて部屋に入れると、私は救急箱を取りだす。

　自分の部屋には鍵をかけているので、両親が起きてきてもすぐに扉を開けられる心配はない。

　だから大丈夫だろうと、夜斗くんの頬の傷から染みでる血をガーゼでふきとる。
「夜斗くん、もう少しこっちに顔を近づけてください」
「……こうかよ？」

　夜斗くんが怪我をした頬を私に寄せてくる。

　私はその痛々しい傷に胸がチクリと痛むのを感じながら、絆創膏を貼った。

　そして、その絆創膏の上から、指先で傷にそっと触れる。

「早く治りますように」
　夜斗くんの心の傷も、この怪我と一緒に癒えてくれますように。
「蕾……こんなん、すぐ治る」
　夜斗くんはそう言うけれど、私は曖昧に笑う。
　治ってほしいのは、頬の傷だけじゃないんだよ。
　そう心の中で答えて、私はそっと夜斗くんから手を離す。
「もう午前3時ですね。これから家に帰ったら、夜斗くんの寝る時間がなくなっちゃいませんか？」
　時計を見ながら尋ねると、夜斗くんから反応はなかった。
　不思議に思って彼を振り向く。
　夜斗くんは私が貼った絆創膏に触れながら、ぼんやりとバルコニーを見つめていた。
　夜斗くん、心ここにあらずだな。
　こんな夜斗くんをほうっておけない。
「あの、私が言うのもあれなんですが……。夜斗くんは毎日夜に出歩いて、家族に心配されたりしませんか？」
　気になっていたことを聞いてみると、夜斗くんは億劫そうに私に視点を合わせた。
「あいつは俺に関心ないから」
　親をあいつと呼んだ理由は、聞けなかった。
　それ以上踏みこめば、夜斗くんは夜の闇に溶けるようにして、私の前から消えてしまう。
　そんな危うさを感じた。
「……だったら、今日は私の部屋に泊まってください」

大胆発言をした自覚はある。
　だけど、夜斗くんをこのままひとりにしたくない。
　今日はちゃんと彼を見ていなくちゃいけないような気がして、気づいたらそうお願いしていた。
「お前、なに言ってんのか、わかってるか」
　いつもの無表情が珍しく崩れて、夜斗くんが面食らったような顔をする。
「ごめんなさい、だけど今日は一緒にいてください。あの、鍵はかかってるんで、部屋に誰かが入ってくることはありませんし……！」
　早口でまくしたてるように言って、詰めよる。
　すると夜斗くんはうろたえたような様子で、ふいっとそっぽを向く。
「わかったから、離れろ」
　夜斗くんが私の肩を掴んで、ベリッと剥がした。
「じゃあ、泊まっていってくれるんですね！　よかった〜っ。ささっ、こちらにどうぞ！」
　ベッドのかけ布団をめくれば、夜斗くんがそれはもう深いため息を吐く。
「こういうの、誰にでもやってるのか」
「はい？」
「誰彼かまわず部屋に誘ってるのかって、聞いてんだよ」
　少し怒ったように、さっきよりも強い口調で言う夜斗くんに首を傾げる。
「いいえ、私の部屋に来たのは親友と幼なじみを除いて、

夜斗くんが初めてですよ」
「……それは男か」
「え？　親友は女の子ですよ。城築透ちゃんっていいます。幼なじみは男の子ですけど、幼稚園からのお隣さんなので、兄……みたいな存在ですね」
「そうか」
　なぜか、ほっとした顔をする夜斗くん。
　なにか心配かけるようなことを、私がしちゃったのかな。
　私は不思議に思いながらも続ける。
「ちなみに、夜斗くんと同じ東葉高校の１年生ですよ。周防要っていう名前です」
　その名前に心当たりがあるのか、夜斗くんは「ああ」と納得したようにうなずく。
　それから観念したように、彼は私のベッドに潜りこんだ。
「早く寝巻きに着替えろ」
「……はい？」
　夜斗くんの口から飛びだした単語に耳を疑っていると……。
「制服のまま寝たら、しわになんだろ。俺は後ろ向いてっから、早くしろ」
　そう言って、くるりと背を向ける夜斗くん。
　夜斗くん、全然動揺してないな……。
　恥ずかしがってるのは、私だけみたい。
　熱くなる頬をパンッと叩いて、私は寝巻きのネグリジェに着替える。

「すみません、もう大丈夫です」
　そう声をかけると、夜斗くんがもう一度私を見る。
「お前もさっさと入れ」
　先に横になった夜斗くんが急かすようにかけ布団を持ちあげる。
「え、私もですか？」
　敷布団でも持ってきて、私はそこで寝ようかと思ってたんだけど……。
　付き合ってもないのに一緒のベッドで寝てもいいのかな。
　私が悩んでいると、夜斗くんに手首を掴まれる。
「寒い、早くしろ」
「は、はいっ」
　私は枕もとにあるクマのキーホルダーを握ると、おとなしく中に入る。
　向きあうように横になると、夜斗くんが私の手もとを見て目を見張った。
「お前、それ……」
「ああ、これですか？　握ってると、安心するんです」
「……っ、そうか」
　夜斗くんが前髪をかきあげる。
　そのときに見えた頬が、ほんのり赤く染まっていた。
　夜斗くん、照れてる？
　もしかして、自分があげたクマのキーホルダーを私が大事にしてるってわかったから？

だとしたら、かわいいところもあるんだな。
「ふふっ」
　つい笑ってしまうと、夜斗くんがムッとした顔をする。
「笑うな」
「すみません、見なかったことにしてください」
「無茶言うな。この距離で視界に入らないほうがおかしいだろ」
「それもそうですよね」
　くすくす笑っていると、夜斗くんの腕が背中と腰に回る。
　そのまま引きよせられて、彼の腕の中に閉じこめられた。
「よ、夜斗くん？」
　鼓動が加速して、息苦しい。
　夜斗くんの胸に押しつけられている私の顔は、絶対赤いに違いない。
「こうしてると、癒やされる」
　くぐもった夜斗くんの声が耳に届く。
　それにまた、心臓がトクンッと鳴る。
「そ、それはよかったです」
「ときどき、こうさせてくれ」
「え？」
「毎日が息苦しくて仕方ない。でも、お前といると心が安らぐ」
　夜斗くんが抱えているものがなんなのかは、わからない。
　きっと、今は聞くときじゃない。
　だから、彼が打ちあけたいと思えるその日まで。

私がそばで癒やしてあげられたらと思う。
「夜斗くん、今日はありがとうございました。たくさんの人とお話できて、たくさん笑って、本当に楽しかった」
　夜斗くんの胸にすりよってそう言うと、私を抱きしめる腕に力が入る。
「あんなん、まだ一部だ」
「え？」
「もっといろんな楽しいを教えてやる。つか、ゲームに勝ったら好きな所に連れてくって約束したしな」
「じゃあ、次に会うときまでに考えておきますね……ふわあ」
　夜斗くんのそばにいると安心するからか、強い眠気に襲われた。
　あくびをして、うつらうつらとする私に、夜斗くんがクッと笑う。
「もう寝ろ」
「もう少しだけ、話……したい、から」
「また明日、会いにくる」
「ほん、と……？」
　ほーっとしながら、夜斗くんの声に耳をかたむける。
　すると、私の髪を夜斗くんが梳きはじめた。
「ああ、約束する」
「ん、よかったあ……」
「蕾、おやすみ」
「おやすみなさい、夜斗くん」

瞼を閉じると、狼牙の皆さんの顔が浮かぶ。皆に囲まれて、名前を呼ばれて……。

今日は遠かったはずの人の声が近くに感じた。

自分という存在が、ちゃんと世界の中に存在しているんだってわかった。

図々しいかもしれないけど、狼牙の皆さんの仲間になれたみたいで、心に温もりが灯った気がした。

ぜんぶ、きみのおかげだよ。

私も夜斗くんのそばにいると、寂しさを忘れられる。

きみが必要なんだと、私を包む夜斗くんの温もりにまどろみながら、そう思うのだった。

◯Episode 4 ◯　真夜中の学校で

【蕾side】
　翌朝、春なのに寒さを感じて目が覚めた。
　隣に腕を伸ばすと、冷たいシーツの感触。
　そばにいたはずの彼の姿はなくて、私はガバッと身体を起こした。
「夜斗くん、私が眠っている間に帰っちゃったんだ」
　起こしてくれればよかったのに。
　私は朝日が差しこむ窓から、無人のバルコニーを眺める。
　寝ている間も離さずにいたクマのキーホルダーを胸の前で握りしめると、胸の奥もキュッと締めつけられる。
　不思議、きみの存在がどんどん大きくなっていく。
　また会いたい、すぐに会いたいって気持ちがふくらんでいく。
「今夜も来てくれるかな……あれ？」
　ふと机に置いてあるスマートフォンのランプが点滅しているのに気がついた。
　スマートフォンに手を伸ばして、画面をつけてみる。
【要：今ひとり？】
　それは昨日の夜中、午前3時に送られてきていたメッセージだった。
　なんで、そんなことを聞くんだろう。
　まさか、外に出ているところを見られてた？

でも、そうだったとしたら直接聞いてくるよね？
　内心焦りながらも、要の心を探るように【返事遅れてごめんね。ひとりだったよ】と嘘をつく。
　すると、すぐにスマートフォンが震えた。
【要：ならいいんだ。変なことを聞いてごめんね】
　ハラハラしながら読んだ文面に、ホッと息を吐く。
　バレてなかったみたい。
　それに安心していると、連続でメッセージが届く。
【要：学校に行かせてもらえるように、俺からもおじさんとおばさんを説得してみるよ。すぐには無理かもしれないけど、待ってて】
　そのメッセージが胸に染みる。
　私が学校に行かせてもらえなくなったこと、お父さんとお母さんに聞いたのかな？
　幼なじみの彼は、こうしていつも私を助けてくれる。
　その優しさに甘えているだけではダメだと、私は立ちあがった。
　"ほしいものは簡単にあきらめるな"
　"お前の人生は、お前のもんだろ"
　自分の運命は自分で切りひらけ、彼の言葉がそう私の背中を押してくれていた。
　そのひと言が私に底なしの力をくれる。
「夜斗くん、私……もう少し闘ってみる」
　私は要に【ありがとう】と返し、自分を奮いたたせるつもりで制服に着替えると部屋を出た。

「お父さん、お母さん」

　制服姿でリビングに入ると、ふたりは顔をこわばらせて、すぐさま目をむいた。

「どうして制服なんて着てるのよっ」

　ヒステリックに叫ぶお母さんに肩を掴まれる。

　その剣幕に頭が真っ白になっていると、お父さんが困った子だなと言いたげに眉をひそめる。

「学校には退学するってこれから連絡をするから、蕾は部屋でゆっくりしていなさい」

「お願い、学校には行かせて！　そこまで自由を奪われたら、私……っ」

　おかしくなっちゃうよ。

　今だって、あの部屋に閉じこめられて気が狂いそう。

　夜斗くんがいなかったら、とっくに心なんて壊れてた。

「言うこと聞いて。ぜんぶ、あなたのためなのよ」

　優しく諭すようにお母さんは言うけれど、こんなの私のためでもなんでもない。

　ふたりが安心したいだけだ。

「お願い……っ、今日は部屋でおとなしくしてる。だから、学校には連絡しないで！」

「……わかった。お前の心が決まるまで待つよ。父さんも無理強いしたいわけじゃないからな」

　しぶしぶだけれど、お父さんはうなずいてくれた。

　私は泣きそうになりながら、部屋に戻るためにふたりに

背を向ける。
「蕾、ごはんは?」
　お母さんの声が背中にかかった。
「いらない」
「でも、昨日も晩ごはん食べてないじゃない」
「……お腹空いてないの」
　昨日は、夜斗くんたちとごはんを食べたんだよね。
　みんなで食事をするって、あんなに楽しかったんだ。
　思い出すと、胸が温かくなったり切なくなったり忙しい。
　お父さんとお母さんには、夜に私が部屋を抜けだしていることは絶対に知られちゃいけない。
　夜斗くんと過ごす時間まで奪われたら、私の心はいよいよ砕けてしまうから。
　トボトボと重い足取りで部屋に戻ると、ベッドに横になってまたクマのキーホルダーを握りしめる。
「夜斗くん、助けて——……」
　あふれでる涙をぬぐいもせずに目を閉じると、私は現実から逃れるように眠ってしまった。

「……い、おい……ぽみ」
　どこからか声が聞こえてきて、私の意識は少しずつ浮上する。
「ぽみ……蕾、起きろ」
　声がはっきりと耳に届いて、私は瞼を持ちあげた。
　真っ暗な部屋の中で視線を巡らせると、私が横になって

いるベッドに夜斗くんが腰かけていた。
「夜斗……くん？」
「起きたか」
　夜斗くんは私の髪をするりとなでる。
　それが心地よくて、また目を閉じそうになったとき、頬を軽くつねられた。
「寝るな」
「へ、へふははほひはふ！」
　変な顔になるからやめて、と言いたいのにできない。
　そんな私を見た夜斗くんが、小さく吹きだした。
「そんなに強くしてないだろ」
「うー」
「約束、叶えにきた」
　そう言って手を放し、夜斗くんが立ちあがる。
　そして、スッと私に手を差しだした。
「行きたい所を言え」
「あ……覚えててくれたんだ」
「昨日のことだからな、忘れねえよ」
「…………」
　うれしい、きみは私の自由そのものだ。
　潤んだ瞳から涙の雫がこぼれ落ち、頬を伝ってゆく。
　私の様子に気づいた夜斗くんは息を呑んだ。
「お前……」
「今日もね、学校に行かせてもらえなくて落ちこんでたから……。夜斗くんが来てくれて、うれしいです」

泣き笑いを浮かべる私をなぐさめるように、夜斗くんが優しく親指で涙を拭ってくれる。
「そうか」
　それだけ答えた夜斗くんが、私の手を強引に引いた。
　その胸にポスンッとおさまって、内心混乱する。
　何度もこうして抱きしめられてるけど、今回はいつもより力が強くて焦った。
　心臓もドクドクうるさい。
　触れあっている部分から、きみに伝わってしまいそう。
「蕾は悲しいときも笑ってるな」
「そう……ですか？」
　自分で気づいていなかったけど……。
　平気なフリをするときに、笑うのが癖になってるのかも。
「そういうお前を見てると、胸が痛くなる」
「夜斗くん……私のことで悲しんだりしないでください」
「そう言われても、自分じゃどうしようもない」
　強く強く抱きしめられて、苦しいのに安心するという不思議な感覚を味わう。
　私は彼の強引で強いところが好きなんだ。
　——って、好きとか……なに言ってるんだろう。
　きっと赤くなってるに違いないので、夜斗くんの胸に顔をうずめた。
　これって、どういう種類の好きなのかな。
　友だちとしてなのか、それともたったひとりへ抱く特別な想いなのか。

今は近すぎるきみとの距離にドギマギして、なにも考えられない。
「蕾、どこへ行きたいか言え」
　少しだけ身体を離した夜斗くんは、まっすぐな眼差しを私に向ける。
「俺は、お前の願いを叶えたい」
「……っ、私は……」
「お前が自由になることを誰かが責めたとしても、俺は味方でいる。絶対に裏切らない、その願いを守りぬいてやる」
　強い決意と誓い。
　その言葉にこめられた想いに、やっぱり涙が流れた。
　その雫の跡をたどるように、夜斗くんの骨ばった長い指先が私の頬に触れる。
　私は、彼のその手を握った。
「夜斗くんが通ってた小学校に行きたい」
「突然、なんでだ」
「夜斗くんがどんな子どもだったのか、どんな場所で生きてきたのか、もっと夜斗くんのことを知りたいんです」
「……そうか、わかった」
　夜斗くんが椅子の背もたれにかかっていたカーディガンを手に取ると、私の肩にかける。
「夜は冷える」
　これを着ていけ、と言いたいらしい。
　言葉足らずなところがあるけれど、夜斗くんはいつも私のことを気づかってくれている。

それがうれしくて、私は素直に「はい」と返事をすると、カーディガンを羽織った。

 夜斗くんの通っていた小学校は、私の家から歩いていけるくらい近くにあった。
 夜の小学校にやってくると、校舎の時計は午後9時を指していた。
「わあ、あのタイヤの遊具も、滑り台も小さい！　ここで夜斗くんも遊んでたんだね」
「ああ」
「夜斗くんは、どんな小学生だったの？」
「どんなって、普通のどこにでもいるガキだ」
「じゃあ、なにして遊ぶのが楽しかった？」
「アリの巣に草とか木とか突っこむやつ」

 無表情でえげつないことを口走る夜斗くんに、私は顔を引きつらせる。
「わ、わあ……結構えぐい遊びだね」

 残念だけれど最近の小学校には、防犯カメラや赤外線センサーなどが設置されていて、警備が厳重なので校舎の中には入れない。
 夜斗くんが小学生のとき、どんな場所で授業を受けていたのか、見てみたかったな。
 私たちは思い出話に花を咲かせながら、校庭のすみにある鉄棒前にやってきた。
「私、逆上がりってできないんですよね」

小学生用だから少し低いけど、初心者の私からしたら、ちょうどいい高さだ。
「まさか、その格好でやる気か」
　夜斗くんの"その格好"が指すのは、私の制服のスカートのことだろう。
　朝、着替えたはいいけれど学校に行かせてもらえなかったから、制服のままなのを忘れていた。
「でも、やってみたい」
　鉄棒を掴んでスタンバイしていると、夜斗くんが呆れたように星空を仰ぐ。
「なら、俺は星でも眺めてる」
「いや、教えてほしいです。逆上がり」
「無茶言うな。下着が見えたらどうする」
「あっ……」
　盲点だった。
「お前、昨日もだけど……。男の前で気をゆるめすぎだ」
　腕を組み、眉を寄せる夜斗くんに私は肩をすくませる。
「うう、ごめんなさい」
「普通は見ず知らずの男をベッドどころか、部屋にも入れない。今もその服装で逆上がりなんてしてみろ、俺じゃなきゃ襲われてる」
　静かにくどくど説教をされ、私は苦笑いした。
「なんか、夜斗くんの前だと気が抜けちゃうんです。だから、誰にでもしてるわけじゃないですよ」
　いちおう弁解しておくと、夜斗くんは「お前はなにを言っ

てるんだ」というような顔で固まった。
「……そういうことも、躊躇せずに言うな。心臓に悪い」
「ご、ごめんなさい……？ あっ、じゃあブランコならいいですか？」
「……なにが"じゃあ"なんだ。お前は子どもか」

　遊びたくてうずうずしてる私に、怒る気も失せたのか、夜斗くんはため息混じりにそう言った。
「怪我したら危ないからって、中学生のときからなんにもさせてもらえなくなっちゃって……。その反動で運動意欲もりもりなんです」

　冗談めかしてそう言うと、夜斗くんがじっと私を見る。
「親のせいか？」
「うーん……なにが悪かったんだろう」

　この体質で生まれた私が悪いのか。
　私を刺した変質者が悪いのか。
　私を閉じこめる親が悪いのか。
「自分でもわからないんだ」
「なんにせよ、親の言いつけを律儀に守る必要はない。多少強引にでも自由に生きたらいいと、俺は思う」
「それも正しいのかもしれないけど……」

　私は地面に座りこんで、もの言わぬ星空を見上げる。
　その隣に、夜斗くんが腰をおろして寄りそってくれた。
「家族の気持ちをないがしろにしてまで、自分のやりたいことを通すのは違うと思う。お互いが大切だから意見もぶつかるんだし、ちゃんとわかりあいたいんです」

私はお父さんとお母さんが大事だから、『学校に行くな』なんておかしいと思ってても、言いなりになってる。
　ふたりとも私を心配しているからこそ、過保護になってしまうんだ。
「切りすてるんじゃなくて、お互いが幸せになれる道をあきらめたくないんです」
「蕾の考え方は、正直綺麗事(きれいごと)だと思う」
　彼らしい答えだった。
　だから傷つきはしない。
　誰かに合わせるのではなく、きっぱり自分の意見を口にできる夜斗くんは強いなと思うから。
「どうしてか、理由を聞いてもいいですか？」
　私は視線を隣に向ける。
　夜斗くんは、星空に遠い眼差しを向けていた。
「ああ。俺の家もお前とは少し違うが、自由がなくてな——」
　そう言って話しだしたのは、強いきみからは想像もできない過去。
　彼のひと言ひと言を聞きのがさないように、私は耳をかたむける……。

Chapter 2

○Episode 5 ○　強さを求める理由

【夜斗-side】
　親といっても所詮は他人だと、俺は身をもって知ってる。
　その事実に気づいたとき、俺は小学6年生だった。
　アパートの丸テーブルの上に残されていた、薄っぺらい置き手紙。

<u>夜斗へ</u>
<u>お母さんは今日から、あなたの母親ではなくなります。</u>
<u>お父さんとふたりで生きていってください。</u>
<u>美代子より</u>

　内容も紙のように薄っぺらかった。
　最後に【母より】と書かなかったことも、許せなかった。
　お袋には、ずっと付き合っている男がいた。
　親父が仕事にかまけて家のことに無関心だったから、最初はほんの気晴らし程度のことだったんだろう。
　でも、寂しさみたいなものはいっこうに埋まらなくて、ついに別の男と家を出ていった。
　無責任なことに、自分が産んだ子どもを置いて。
　母親が唐突に姿を消してからの榎本家は、常に怒鳴り声が絶えなかった。
『夜斗っ、なんで飯を残したんだ！』

親父は仕事帰りに毎日、ジャンクフードを買ってきた。
　さすがに飽きて、まったく手をつけなかったのが、いけなかったらしい。
『もうなにも食わせねえぞ！』
　お袋が浮気をして別の男を作り、家を出ていったあてつけに、親父は俺をよく怒鳴りちらすようになった。
　それどころか酒ばかり飲んで、仕事にも行かなくなった。
『お前がいたから美代子が出ていったんだろっ』
『…………』
　それは、お前のせいだろ。
　俺は無言で親父を睨んだ。
『なんだよ、その目は……生意気なんだよ！』
　ドカッと、頬を殴られた。
『ううっ』
　痛いのは顔ではなく、悔しいことに胸だった。
　力では大の男にかなわない。
　お金もないし、家を出ていくこともできない。
　俺にはまだ、ひとりで生きていくだけの力がない。
　俺には自由がない。
　助けを求めたかったお袋は……もういない。
　心にわきあがるのは、怒りと悔しさだった。
　抵抗もできずに、親父のイラ立ちのはけ口になるしかない自分の弱さに腹が立った。
　こんなやつに負けないくらい強くなってやる。
　そんな決意を胸に抱きながら中学生になると、俺の背丈

は親父を越して、身体にも筋肉がついてきた。
　そんなある日の夜。
『夜斗、てめえどこをほっつき歩いてた』
　帰ってきて早々に、赤い顔をした親父が俺に絡んでくる。
　その手には缶ビールがあり、心底呆れた。
『親父には関係ねえだろ』
　殴りかかってきた親父を思いっきり突きとばす。
　親父は壁に打ちつけられて、その場に座りこんだ。
『はっ』
　俺の口から、乾いた笑い声がこぼれる。
　その瞬間、勝った優越感に心が救われた気がした。
　もう、こんなやつに怯えることはない。
　もう、俺はただ生かされるだけの子どもじゃない。
　支配されるのはまっぴらだ。
『もう俺にかかわるな、ゲス野郎』
　俺はたばこの煙やアルコールの臭いに満ちた家を飛びだして、適当に道ばたに座りこむ。
　ぼんやりと見上げた夜空は、地上の不幸なんて関係ないとでもいうように無情に輝いていた。
　そんな星空が、急にイカツイ金髪の男の顔でさえぎられる。
『お前、こんな所でなにしてんだ？』
　しかも、話しかけてきた。
　俺は目を閉じて、その男を視界から抹消する。
『制服着てるし、中学生だよな』

でも、懲りずに話しかけてきて、俺は舌打ちをして無視を決めこんだ。
『こんな所で座ってっと、変な野郎に絡まれんぞ』
　すでに、現在進行形で絡まれてる。
　金髪のヤンキーみたいな男に。
　俺が無言を貫いても、しつこく声をかけてくる。
　いい加減にうざったくなった俺が目を開けると、腕を掴まれた。
『うしっ、俺と来い』
『は？』
　さすがに、間抜けな声が出た。
　俺は無理やり立たされて、そのまま引きずられるようにどこかへ連れていかれる。
　やってきたのは港の前にある倉庫。
　俺、誘拐されてんのか……？
『離せっ』
　逃げるなら今だと抵抗するも、金髪の男の力が強すぎてびくともしない。
『俺の仲間を紹介してやるから』
　男は笑顔で倉庫の扉に手をかける。
　ガラガラッと開けはなたれたそこには、見るからにガラの悪い連中がたむろっていた。
『総長、遅かったじゃないですか！』
『そこの坊主は、また拾ってきたんすか』
　床にしゃがみこんでいた目つきの悪い男や殴られたの

か、目の上に青あざを作っている男。

中学生の俺にもわかる。

とにかく、ここは犯罪の匂いしかない。

『おう、道ばたで拾った。えーと、名前はなんだ？』

俺の首に腕を回した男が顔をのぞきこんでくる。

『ぐっ……人を荷物みたいに言うな』

『細かいことは気にすんなって。ほら、自己紹介しろよ』

ニコニコ笑っているこの男は、信じられないほどマイペースだった。

なんで素性の知れないやつらに、自己紹介なんてしなきゃなんねえんだよ。

そうは思いながら、周りの期待の眼差しが痛い。

俺はしぶしぶ、口を開いた。

『榎本……夜斗』

『夜斗か、俺は佐竹斎だ。この狼牙の総長をしてる』

『総長って……あんた暴走族だったのかよ』

『あ、今関わりたくねえって顔をしたな』

ムッとした金髪男は、俺の頭を拳ではさむと、グリグリしはじめた。

『いっ——いててててっ』

『いいか、狼牙の役目は縄張りの治安維持！　断じて、殴ったりなんなりして強さを誇示する集団じゃねえぞ』

説明の意味はわからねえけど、とにかく手を離せ！

心の中で文句を言いつつ、俺はなんとかその腕から脱出する。

『俺にさわるな』

　突きはなしてもなお近づいてくる金髪男を見れば、なぜかうれしそうな顔をされる。

『手負いの狼みてえなやつだな。でも──』

　金髪男は白い歯を見せてニッと笑う。

『その目の強さが先代の狼牙総長にそっくりだ。気に入った、俺らの仲間になれ』

　もちろん、断るつもりだった。

　暴走族なんて、ガキみたいに悪ぶってる集団だろ。

　物騒だし、そこまで落ちぶれたくはない。

　そう思ってたのに……。

『おっし、総長が認めたんなら、お前は俺らの仲間だ』

『こっち来いよ、まずは腹ごしらえしようぜ』

　俺は狼牙の仲間たちに囲まれて、逃げられなくなる。

『いや、俺は帰りた……』

『なんだ。腹減ってねえなら、ゲームやろうぜ』

　──話が通じねえ。

　嵐に巻きこまれるようにして、俺は狼牙に入ることになった。

　それからは治安維持のため、俺らの縄張りを荒らしてくる紅嵐と戦って、俺は強くなった。

　苦痛でしかなかった、家以外の居場所をくれた狼牙の仲間には感謝してる。

　でも俺は、ケンカしているときのほうが心が楽だった。

　ただ親父に殴られて、無力感に打ちひしがれる日々。

あの地獄のような時間。
　これまでのみじめな人生。
　そのすべてを変えられる強さを手に入れられた気がして、快感さえ感じた。
　実際、俺は親父に勝った。
『夜斗、お前いつまでほっつき歩いてんだ！』
　ある夜、狼牙の倉庫から帰ってくると、親父がいちゃもんつけて叫びながら殴りかかってきた。
『いつもいつも……なめてんなよ』
　俺は親父の拳を左手で受けながして、すぐさま右の拳を突きだす。
『ぐはっ』
　たしかな手ごたえと、勝利への確信。
　親父は俺の拳を頰にくらって、そのまま後ろに倒れこんだ。
　地面に転がって、悔しそうにこちらを見上げる親父。
　それを見下ろして、俺は高揚感に笑みを浮かべる。
『はは……』
　——勝った、勝った、勝った！
　いつもいつも俺をなじって殴って虫けらみてえに扱っていた親父を、俺は倒した。
　これからはもう、ただではやられねえ。
　自分の身は自分で守る。
　ひとりでも、生きていってやる。
　そう決意するように、グッと拳を握りしめた。

○Episode 6 ○　大切だからこそ

【蕾side】
「家族とわかりあえる時期は、もうとっくに過ぎたんだよ。修復できないところまできたら、あとは他人として生きていくしかない」

　夜斗くんは、暗い目でそう言った。

　お母さんに置いていかれたこと、お父さんにイラ立ちのはけ口にされていたこと。

　夜斗くんにとって家族は、苦しみでしかなかったんだ。

　だから、切りすてようとしてる。

「もう、弱いままの俺じゃない。狼牙に入ってから強くなったし、バイトだってして、金も貯めてる。高校を卒業したら、あんな家さっさと出ていくつもりだ」

　強くなったと、冷笑を浮かべて話す夜斗くん。

　その凍てついた目には、見覚えがあった。

　前に紅嵐の人たちに襲われたときのこと。

『やられる前に、やんのは当然だ』

　そう言った夜斗くんの目と同じだった。

　彼の危うさにとてつもない不安を感じて、私はとっさに彼の腕を掴む。

「夜斗くん、相手を傷つけることは自分を傷つけることと同じだと思います」

　そう言うと、夜斗くんがいぶかしげに片眉を持ちあげる。

その不快ともとれる表情に怖気(おじけ)づきながら、なんとか言葉を紡ぐ。
「強さって腕っぷしだけを言うんじゃないと思います。わかりあえないからって暴力で突っぱねるんじゃなくて、どんなに傷ついても向きあうことを言うんだって、私はそう信じたい」
　私の言葉は、夜斗くんだってさんざん信じようとしてきたものだったと思う。
　でも、そのたびに傷ついた。
　家族とわかりあえるかもって期待して、裏切られて。
　そんなの綺麗事だって、また言われちゃうかもしれない。
　だけど……。
「夜斗くんの強さは、誰かのために無茶したり、嫌われることを恐れずに意見したり、その人のために危険を冒(おか)せる優しいところだよ。だから……っ」
　そんなふうに自分を傷つけるようなことを言わないでほしいし、しないでほしい。
　彼の手を両手で握り、この気持ちがぜんぶ触れあった部分から流れて伝わればいいのにと思う。
「落ち着け」
　必死に訴えていると、夜斗くんは繋いでいないほうの手を私の肩に置く。
「だって、夜斗くんが悲しいことを言うから……」
　じわりと目に涙がにじむ。
　たぶん、言いたいことの半分も伝えきれてない。

どう伝えていいのか、わからない。
　でも、これだけは言える。
　ひとりで生きていこうとしているきみに。
　ひとりになろうとしないでって、言いたい。
「ずっとひとりなんて、寂しいよ」
　私はあの部屋に閉じこめられている間、ずっと無音で気が滅入りそうだった。
　今日、学校でこんなことがあったよ。
　おいしいものを食べたよ。
　そんなふうに、ささいな会話さえ誰ともできない。
　モイラに声をかけても、私の言葉を繰り返すだけ。
「誰かと笑ったり、楽しい、うれしいを共有するって大事なんだよ。でないと……心が元気になれないから……」
　ぎゅっと夜斗くんの手を握って俯く。
　下を向いた拍子に、ポタッと涙がこぼれた。
「お前は……他人のために泣くのか」
　夜斗くんの声が降ってきて、私は勢いよく顔を上げる。
「他人じゃありません、私たちは友だちです！」
「……恥ずかしいから、叫ぶな」
　目もとを赤らめる夜斗くんに、私は目を丸くする。
　夜斗くん、照れてる？
　じっと見つめていると、頭に手を乗せられた。
「わっ」
　そのまま手で頭を押された私は、夜斗くんに強制的に下を向かされる。

「今までは、女なんて信じてなかった。ほかに男を作って簡単に自分の子どもを捨てるような母親と、どうせ同じだろうって」

　静かに響く、夜斗くんの声。

　彼の手を取り、顔を上げれば、真剣な漆黒の瞳が目の前にあった。

「でも、お前といたら、その考えが少しずつ変わった」

「どんなふうに？」

「女なのに、一緒にいて癒やされる。お前からは、どんな綺麗事を言われても腹が立たない。むしろ……」

　繋いだ手を握り返される。

　その力強さに、胸が高鳴る。

「お前の言葉なら信じてみたいって、そう思う」

「夜斗くん……」

「俺のために泣いてくれたお前を見たとき、大切にしねえとって自然とそんな気持ちが胸にわいてきた」

　まるで、告白みたい。

　彼から語られる想いに、勘違いしそうになる。

　きみはいつだって、私に初めての心をくれる。

「なんつうか、つまり……。お前の言葉も受け止めてはいる。だから、俺のことで悲しんだりするな」

　なぐさめるように目じりに触れる彼の指先が、私の涙を掬っていく。

　その言葉はうれしいけど……。

「それは約束できません」

そう言って小さく笑えば、夜斗くんはどうしてだ？と言いたげな顔をする。
「だって、私は夜斗くんが大切だから。夜斗くんがつらい思いをしていたら、悲しむのは当然です」
「蕾……」
　ふいに夜斗くんの顔が近づく。
　至近距離で視線がぶつかって、息もできなくなる。
　夜斗くんは頬を赤らめ、どこか苦しそうな顔をしていた。
「……っ、お前に振りまわされてばかりだな、俺は」
　なにかをこらえるように私から目をそらすと、夜斗くんは離れていく。
「あ、あの……」
　今のはなんだったの？
　心臓がドキドキして、息苦しい。
　そっぽを向いている彼に、繋いだ手をギュッと握られる。
　また、大きく心臓が跳ねた。
「悪かった」
　ぽんっと頭に手を乗せられた。
　そのままなでられて、恥ずかしくなった私は借りてきた猫のようにじっとする。
　そんな私を見つめて、夜斗くんは小さく微笑んだ。
「あっ」
　夜斗くんが笑った！
　今まで、ほとんど無表情だったから新鮮だった。
　私は彼の顔を凝視する。

それに気づいた夜斗くんは、軽く首をひねった。
「どうした」
「いえ、なんでもありません！」
　言ったら、夜斗くん笑ってくれなくなりそうだし。
　これは私だけの秘密にしよう。
「なんでもないわりには、顔がニヤけてるな」
　夜斗くんはまた、ふっと小さく笑う。
　今日はたくさん笑ってくれるな。
　たったそれだけのことなのに、幸せだなと思う。
「蕾、なにかあったらいつでも駆けつける。だから俺の連絡先、登録しておけ」
　そう言ってズボンの後ろポケットから、紙切れを取りだす夜斗くん。
　それを受けとると、電話番号とメッセージアプリのＩＤが書かれていた。
　私に渡そうと思って、準備しておいてくれたのかな？
「ありがとう……絶対連絡しますっ。毎日でも、何度でも！」
　紙を胸に抱きしめて、ズイッと夜斗くんに顔を近づける。
「……わかった、わかった。とりあえず落ちつけ」
　夜斗くんは仕方ないな、と言いたげに。
　優しい眼差しを私に向けて、頭をなでてくる。
　完全に子ども扱いだ。
　私は急に恥ずかしくなって、目を伏せる。
「すみません、うれしくて」
「別にかまわねえけど……敬語、いつになったらなくなる

んだ」
「え?」
　唐突に投げかけられた質問に、私は夜斗くんを見る。
　目が合うと、彼の夜空のように澄んだ瞳に吸いこまれそうになった。
「きれい……」
　思わず、呟いた。
　夜斗くんは面食らったように目を見開く。
　私は彼の頬に両手を伸ばして、そっと触れる。
「あっ……」
　無意識だった。
　なぜだか、きみに触れたくて仕方なかった。
「つぼ、み?」
　ぎこちなく、名前を呼ばれる。
　私は慌てて理由を説明する。
「夜斗くんの目が……」
「俺の目?」
「うん、夜空みたいにきれいだなって」
　闇のように深い黒は一見、敬遠されがちだけど――。
「つらいとき、苦しいとき、人って光を見たくないときがあるんです」
　たとえば、自由に毎日好きなように生きている同級生。
　同い年なのに、生まれもった体質や家庭のせいで、みんなと同じように生きられない。
　そんな私にとって、彼女たちはあまりにもまぶしくて

……。
「だから、自分を照らしてくれる光より、寄りそってくれる優しい闇が恋しくなる」
　夜斗くんの瞳を飽きずに眺めて、私は笑みを浮かべる。
　きみの危うさも含めて、きっと私は……。
　そこまで考えて、ぴたりと思考を止める。
　きっと……のあと、私はこの想いにどんな名前をつけようとしていたんだろう。
　心の中に浮かんだ、ある２文字の言葉を隠すように。
　それを隠すようにかぶりを振って苦笑いする。
「夜斗くんは、まさに優しい夜みたいな人です」
「……そうか」
　噛みしめるような、『そうか』だった。
　夜斗くんは自分の頬に触れる私の手の甲に、そっと自分の手を重ねる。
「俺にとってお前は、一番星みたいな存在だ」
「――え？」
　その意味を問うように彼を見れば、まっすぐな視線に射抜かれた。
　その目の強さに、息をするのも忘れて圧倒される。
「まっ暗で先も見えない……闇の中を彷徨ってた俺の前に現れた一番星。小さいくせにひときわ輝いて、いろんなものをあきらめようとしてる俺を導こうとする」
　夜斗くんはそんなふうに、私のことを思ってくれていたんだ。

温度を感じない身体なのに、胸に熱いなにかがこみあげてくる気がする。
「私……」
　あの檻(おり)のような部屋の中で、いつも考えてた。
　このまま誰にも知られずに、なにも成し遂(と)げられずに、一生を終えるのかなって。
　もちろん、完全にひとりなわけじゃない。
　家族も、透ちゃんも要も……。
　そばにいてくれてるのは、わかってる。
　だけど、私の世界にはふたりと家族だけだった。
「もっと、人と触れあいたかった。言葉を交わして、心を通わせて、いつか……誰かの特別になりたかった」
　夜斗くんに出会って、自分にもできることがあるって、教えてもらえた気がした。
「こんなこと言ったら、おこがましいかもしれないけど……」
　見つめていたはずの夜斗くんの姿がぼやけて見えない。
　ああ、私は泣いてるんだ。
　悲しいわけじゃなく、ただうれしくて。
「あなたのために輝く、一番星になりたい……です」
　こんな私を、きみが必要としてくれるなら。
　私は喜んで、きみの星光になりたい。
「お前は……」
　夜斗くんは私の涙を見て、切なげに眉を寄せる。
　それから、瞬く間に抱きよせられた。

「あっ」

　冷たい夜風からも、世界中のどんなものからも守るとでもいうように、夜斗くんは私を包みこむ。

　体温なんて感じないはずなのに、夜斗くんに触れられるとぽかぽかするのは……。

　きっと、心が満たされているからなのかもしれない。

　そう思ったら、また涙がぽろっと、目じりからこぼれおちる。

「お前は、自分のことを卑下しすぎだ」

　後頭部と腰に回った手が強く強く、私を引きよせる。

「おこがましいとか、そんなわけねえだろ」

　夜斗くんの声が、夜風のように優しく耳に届いた。

「無責任なことは言えねえが……。お前は、家族は切っても切れない関係だって思ってるんだろう？」

　これまでの私の言動から、それを感じとってくれたらしい。

　家族との縁を切りたがっていた夜斗くんが、私の考えを否定しないでくれたことに胸が温かくなる。

「はい」

　コクリとうなずけば、夜斗くんは言葉を続ける。

「やり方には納得できねえけど、家族がお前をあの家に閉じこめんのは、お前が大事だからだ。もう、お前は誰かの特別になってたんだよ」

　そう言われて初めて、私は家族にどれだけ大切にされてきたのかを思い出す。

最近は自由を奪われることが苦痛で忘れてた。
　両親は私にとってゆりかごのようで、いつも見守ってくれていた。
　痛みを感じない私よりも、私の身を案じてくれてた。
　私はふたりにとって、たしかに特別だった。
　なのに、自分を卑下するのは、お父さんとお母さんの気持ちを踏みにじっているのと同じじゃないか。
「これ以上、お前を傷つけるようなことを言うのも、考えるのも、禁止だ。たとえお前自身であっても、許さない」
　それは、世界一優しい『許さない』だった。
　私は少しだけ身体を離して、夜斗くんの顔を見上げる。
「蕾、俺に誓え」
「なにを……？」
「もう自分を傷つけねえって、俺に誓え」
「あっ……」
　私のことをこんなにも想ってくれる人。
　その強制力のある優しさが、引きこもりがちの私の心を外へ出そうとしてくれてるんだ。
「……はい、誓います」
　だって、私が自分を大切にしないと、夜斗くんがつらそうな顔するから。
　それはきっと、お父さんやお母さん。
　親友の透ちゃん、幼なじみの要もそうだったんだろう。
　今まで、みんなに悲しい顔をさせてしまうのは、私が痛みを感じないから大丈夫、そう言って、無茶ばかりするか

らだと思ってた。
　それも事実だけど、それだけじゃないんだ。
　私自身が『こんな体質で生まれたせいで……』とか、自分を卑下したりするのをもどかしく思ってくれていたんだと思う。
　やっと、みんなが悲しい顔をする本当の理由がわかった。
「ありがとうございます、夜斗くん」
「だから、敬語はいらねえ」
「はい……じゃなくて、うん」
　言いなおすと、夜斗くんは満足げにうなずいて、私を再び抱きしめる。
　一緒に星空を見上げると、そこにひときわ輝く星——アークトゥルスを見つけた。
「私たちには、あれくらいの光がちょうどいいね」
　彼と寄り添いながら、私はぽつりとこぼす。
　太陽みたいに世界を隅々まで照らす光でなくていい。
「ああ、十分だ。あれだけでどこまでも歩いていける」
　夜斗くんも同じ光を見つめていたのか、同意してくれる。
　どんなに暗い未来でも、きみというたったひとつの光が明日の行方を照らしてくれる。
　私たちはお互いに、お互いの道を照らしていく。
　きっと夜斗くんも同じ気持ちだって、私にはわかった。

　それからしばらくして小学校を出た私たちは、駅に続く人が多い道路沿いの道を歩いていた。

夜も眠らない街の中を進みながら、私は家まで送ってくれている夜斗くんの背中に声をかける。
「こんな時間なのに、人が多いね」
　学校を出るときに見た校舎の時計は、午後11時を回っていた。
　なんだか、ものすごく悪いことをしている気になって、私はクスッと笑った。
　すると、私の手を引いていた夜斗くんがチラリとこちらに視線を向ける。
「こんな時間だからだ」
「どういう意味？」
「飲んだり遊んだりしてたやつらが、終電逃さねえようにって、必死なんだろ」
　彼の言うとおり、駅に急ぐ人たちがたくさんいた。
　私は「へえ～」と口もとに笑みを浮かべる。
　世界には、こんなに人がいたんだ。
　仕事も学校も楽しいことばかりじゃなくて、つらいこともあるだろうけど。
　だけど、この人たちは自由だ。
　好きな所へ行けるし、行きたい所へも行ける。
　……うらやましいな。
　興味津々に、行きかう人の波を眺めていたときだった。
　──トンッ。
「えっ」
　ふいに背中を押された。

私はよろめいて、道路のほうへと倒れこむ。
　その拍子に夜斗くんと繋いでいた手が離れた。
「おい。手、勝手に離すなって……」
　そう言いながら振り返った夜斗くんの顔が、道路のほうへ倒れこむ私を見た瞬間に青ざめる。
「――嘘だろっ、蕾！」
　夜斗くんの悲鳴に近い声が聞こえる。
　こちらに伸ばされる手が、やけにスローモーションに見えた。
　次の瞬間、自分の存在をかきけしてしまいそうなほどの白い光に包まれる。
　ああ、近くまで車が迫ってたんだ。
　それに気づいたとたんに、恐怖に襲われて目をギュッと閉じる。
　――もうダメだっ。
　衝撃に備えようとしたとき、誰かの大きな手が私の腕を強く引っぱる。
　身体は見えない力に引っぱられるように前のめりに倒れて、柔らかいなにかの上に落ちた。
　恐る恐る顔を上げたら、息を荒げた夜斗くんと目が合う。
「無事、か？」
「夜斗……くん？」
　どうやら、夜斗くんのおかげで間一髪、事故を避けられたらしい。
　道行く人は歩道に倒れこんだ私たちに好奇の視線を向け

てくるけれど、それも気にならないほど動揺していた。
　だって、死ぬかもしれなかった。
　それも、私だけでなく助けてくれた夜斗くんさえも。
「な、なんて無茶をするの！」
　気づいたら、そう叫んでいた。
「私と違って夜斗くんは、車にぶつかったらすごく痛い思いをするんだよ!?」
　自分でも驚くくらい怒っている。
　きみが失われるかもしれないと思ったら、どうしてもっと自分の命を大切にしないのかと、そんな思いが胸の中で爆発した。
「……っ、なに言ってんだよ」
　夜斗くんは地を這うような声でそう呟くと、鋭く私を睨みつけて、肩を揺すってくる。
「お前も同じだろうが！」
　普段は冷静でめったに取りみださない彼に、逆に怒られた。
　そこで気づく。
　私が"こんなにきみを大切に思ってるのに"って、もどかしく感じるのと同じで……。
　夜斗くんも"こんなに大事に思ってるのに"って、モヤモヤしてるんだ。
　それがわかったら、やっぱりうれしくなってしまう。
「私は大丈夫なのに……」
　頬をほころばせる私に、夜斗くんは呆れた顔になる。

「どこから、その自信がわいてくんだよ」

それは……。

私が痛みを感じないからだよ、と心の中で返す。

いつか、この秘密をきみに打ちあけられる日が来るんだろうか。

そんなこと考えていると、先に立ちあがった夜斗くんが手を差しだしてきた。

「掴まれ」

「あ、うん」

迷いなくその手を取ると、強く引き寄せられて立ちあがらせてくれる。

「つか……なんで道路に飛びだしたんだよ。危うく、死ぬところだったんだぞ」

夜斗くんに真剣に叱られた。

私は飛びだしたわけじゃないんだけどな、と苦笑いする。

「誰かに背中を押されたの」

「……なんだと？」

夜斗くんの顔が瞬く間に険しくなる。

「人も多いし、ぶつかっちゃったんだと思う。ちゃんと周りを見ないとだよね、ごめんなさい」

ペコリと頭を下げると、夜斗くんは眉間にしわを寄せたままだった。

「いや……俺も守ってやれずに悪かった」

気負っているのか、夜斗くんは私の手を痛いくらい握って悔しそうな顔をしていた。

「夜斗くんは、私を助けてくれたよ？」
「結果的には、な。でも、危険な目に遭わせた」

　夜斗くんは責任感が強すぎる。

　大切に思ってくれるのはうれしいけど、自分を責めてはほしくない。

　私は夜斗くんの手を自分の頬にもっていった。
「なにしてんだよ」

　険しい顔の夜斗くんを安心させるように、私は微笑む。
「私、ちゃんとあったかいでしょ？」
「蕾……」
「私が無事だよって証明。これで安心した？」

　そう言って首を傾げれば、夜斗くんが肩の力を抜くのがわかった。
「ときどき……」

　人のざわめきに消えてしまいそうなほど小さな声で、夜斗くんが話しはじめる。
「守っていると思ってたお前に、俺のほうが守られてたんだって感じる瞬間がある」

　手を掴まれて、もう離さないとばかりに強く握られた。

　心臓がドキドキと早鐘を打ち、じわじわ顔が熱くなる。
「だって私たち、お互いが一番星なんでしょう？」
「……んだよ、それ」

　夜斗くんは意味がわからなかったのか、目を丸くする。

　私はふふふっと笑って、夜斗くんの腕に抱きついた。
「どんな暗闇の中でも……。ふたりで支えあって、守りあっ

て、そうやって歩いていこうよ」
「近けえ」
　そう言いながらも、夜斗くんは私を突きはなしたりしなかった。
「うん、ごめんなさい。ふふっ」
　謝りながらも、笑いは止まらない。
「態度と言葉が合ってねえ」
　夜斗くんの声も心なしか穏やかだった。
　私たちはふわふわした空気に包まれながら、再び家に向かって歩きだす。
　きみとの距離がグッと近づいた瞬間だった。

○Episode 7 ○　乗りこえる壁

【蕾side】
　次の日、幼なじみの要がうちにやってきた。
「蕾の行動は俺が責任をもって見張ります。だから、学校は行かせてやってください」
　私の両親に向かって、要は玄関先で頭を下げる。
　それを両親の後ろから見守っていた私は、胸がずしんと重くなるのを感じていた。
　見張る……。
　その言葉が幼なじみの口から出てきたことに傷つく。
　私のためを思ってくれてるのはわかる。
　だけど、私は見張られなければいけないことをした？
　今は要の気づかいが痛くてたまらない。
「まあ、要くんが言うなら……」
　お父さんが隣にいるお母さんに視線を移す。
「そうね」
　お母さんは浮かない顔ではあったけれど、うなずいた。
　ときどき要は、こうして私を外に出すために両親と交渉してくれている。
　うちの両親は幼い頃から付き合いのある要を信頼してるので、しぶしぶではあるけれど、納得してくれたんだと思う。
　要のおかげで学校に行けることになった私は、憂鬱な気

分で家を出た。

　通学路をふたりで歩いていると、要は私を見て困ったように笑う。
「……あまり、うれしそうじゃないね」
「え？」
　心を見透かされたのかと思った。
　私はドキッとしながら、とりつくろうように笑う。
「蕾、外に出たかったんじゃないの？」
「うん……出たかった。だから、要には感謝してる」
　だけど、さっきの『見張る』って言葉が胸に引っかかっている。
　幼なじみである要には、そんな私のモヤモヤなんてお見通しだったんだろう。
　寂しそうに、眉をハの字に下げていた。
「きみは変わったね」
「え？」
　どんなふうに？と要を見れば、顔をそむけられる。
「俺に対して蕾が作り笑いすることなんて、今まで一度もなかったのに……」
　こっちを見てくれないから、要がどんな顔をしているのかはわからない。
　けど、その声は悲しみや怒りにもあてはまらない、無機質なもののように感じた。
「きみは、俺になにか隠してない？」

「そんなこと……」
　脳裏に、夜斗くんの顔がよぎる。
　隠してることなんて、たくさんある。
　私は毎夜のように、夜斗くんと家を抜けだしていた。
　きっと、夜斗くんに出会う前の私なら……。
　あの部屋から出られなくても、要や家族に監視されても。
　私は大切な人たちを悲しませてしまったから、その状況を受けいれるべきだと、そう思っていただろう。
　けれど、私は榎本夜斗という自由と出会ってしまった。
　外の風を連れてきてくれるあの人に。
　行きたい所へ行き、会いたい人に会い、好きなように生きる。
　そんな胸のワクワクを教えられたから……。
「もう、受けいれるだけの自分ではいたくないって……。そう思いたくもなるよ」
　小さく呟けば、要がこちらを向く。
「え？」
「ううん、なんでもないよ」
　私はそう答えて、結局、要の質問をうやむやにした。

『帰りは迎えにいく』
　そう言ってくれた要と校門で別れて、私は学校へ行くと、いつものように保健室で自習をする。
　今日は保健室の先生がいたけれど、私の課題を邪魔しないためか、デスクで仕事に集中していた。

部屋には、シャーペンが紙を滑る音だけが響いている。
私は黙々と課題を片づけて、ひと息つくと……。
机の横にかけていたスクールバッグの中が、光っているのに気づいた。
私は保健の先生の目を盗んで、点滅しているスマートフォンを手に取る。
あ、誰かから連絡があったんだ。
なんとなく、昨日夜斗くんの連絡先を登録したことを思い出す。
私は電話帳に夜斗くんの名前が増えたことがすごくうれしくて、家に帰ってさっそく【今夜もありがとう】とメッセージを送った。
その返事は朝になっても来ていなかったのだけれど、もしかしたら……！
そんな期待に突きうごかされて、さっそく画面を確認すると——。
【夜斗：まだ保健室にいるのか？　自由になりたかったら、そこから飛びだせ。自分もみんなと授業を受けたいって、親にちゃんと言え。一度断られたからって、めげるなよ】
厳しくも、私を思っての励ましのメッセージだった。
そうか、私……。
なんで要の言葉に喜べなかったのか、わかった。
『透、もう二度と蕾にあんな目に遭ってほしくないだろ』
『それ以上、蕾を惑わすようなことを言うな。それに俺は……守られるだけだった透のことも許してない』

要は私が傷つくことをよしとしない。
　そして、私が傷つくきっかけになった人をとことん嫌う。
『蕾のそばには俺がいるよ』
『蕾の行動は俺が責任をもって見張るんで、自由にしてやってください』
　彼の言葉は優しいはずなのに、すごく……痛い。
　見えない茨のように、やんわりと。
　でも確実に、私の自由を奪って、その棘でチクチクと心を傷つけてくる。
　だけど、夜斗くんは違う。
　ただ優しいだけの言葉ではなく、ときにはつらくても自分の力でほしいものを手に入れろと。
　そう、厳しい言葉で私の背中を押してくれる。
　望むことを忘れてしまった私に、望めと言ってくれる。
　本当に必要な言葉をかけてくれて、一番星のように私を導いてくれる。
　ただ突きはなすのではなく、月のようにさりげなく寄りそってくれる。
　そして、ときどき自分にはないものをもっている人たちの輝きに、消えてしまいたくなったとき。
　私を抱きしめて、夜の闇の中に包みこむみたいに、守ってくれる。
　やっぱり、きみは私の一番星。
　思わずうるっときて、泣きそうになるのをこらえる。
　いきなり、自由に飛びこむのは怖い。

だけど、少しずつでも変わりたい。
私はすがるような気持ちで返信する。
【蕾：自分のペースで、少しずつでも前に進んでみせるから、また背中を押してほしい】
そうメッセージを送ると、午後は少しだけ軽い気持ちで乗りきることができた。

放課後、夜斗くんのメッセージを思い出しながら学校を出ると、校門の前で要を待つ。
「蕾？」
名前を呼ばれて、ぼんやりしていた私はハッと振り返る。
そこにいた人物を見て、私の心臓は大きく跳ねた。
まさか、ここで会えるなんて！
私は激しく動揺しながら、喜びのあまり叫ぶ。
「よ、夜斗くん……！」
おそらく満面の笑みを浮かべているだろう私は、校門から出てきた彼に駆けよる。
「ここで、なにしてんだ」
「要……ほら、前に話した幼なじみを待ってるの」
「そうか」
なんとなく立ち話をしていると、夜斗くんの後ろにいた男の子が首を傾げる。
「んー、誰？」
ゆったりとした口調に動作。
アッシュベージュの猫っ毛に、眠たそうな垂れ目。

男の子にしては背が低く、かわいらしい顔立ちをしてる。
「あ……私は広瀬蕾です」
「ふうん」
　彼は興味なさそうに、手が隠れるほどぶかぶかの白いセーターで目をこすった。
　会話、終わっちゃった。
　困りはてた私は、助けを求めるように夜斗くんを見上げる。
　夜斗くんはというと、あからさまにため息を吐いた。
「こいつは会田水希。基本的になにも考えてないから、気にすんな」
「そんな、なにも考えてないってことは、ないんじゃないかなあ」
「いや、こいつは常に無だ。眠い、お腹空いたっていう欲求に忠実なんだよ。自分のしたいように生きてるからな」
　説明は以上、とばかりに会話が終了する。
　なんというか、このふたり……友だちなんだよね？
　そのわりには、両方とも口数が少ないタイプに見えるけど……どうやって仲良くなったんだろう。
　おろおろしながらふたりを見守っていると、水希くんが私の顔をズイッとのぞきこんでくる。
「小動物みたいでかわいい」
「へっ」
　突然、距離が縮まってとまどう。
　頭の中は完全に、パニック状態だった。

「水希もお前を気に入ったみたいだな」
　夜斗くんは感心したように言う。
　どういうこと？
　不思議に思っていると、夜斗くんが説明してくれる。
「こいつは基本的に、人にも物事にも無関心だから、常に寝てる」
　ああ、やっぱり寝てるんだ……。
　なんだか、羊さんみたいな人だな。
　気づいたら場所問わず丸まってて、自分の毛でぬくぬくしながら寝てそう。
　そんな想像をしていると夜斗くんは「つまり」と続ける。
「その水希の興味の対象になったんだ。無理に話そうとしなくても、お前の良さはわかるやつにはわかる。だから自然体でいればいい」
「そ、そっか」
　喜んでいいってこと？と、曖昧に笑っていたら──。
「彼女に近づかないでもらえるかな」
　誰かが、私と夜斗くんたちの間に割って入る。
　そこ現れたのは、要だった。
　夜斗くんから引きはなすように、私を後ろに押しやる。
「彼女に余計な入れ知恵をするのはやめろ。彼女は守られなきゃ生きていけない、繊細な女の子なんだよ」
　要の言葉が、また胸に突き刺さる。
　守られなきゃ生きていけないほど、私は……弱い。
　そう言われているようで、私の目の前にある要の背中が、

立ちはだかる壁のように見えた。

　彼の人生を狂わせた私が、自由に生きてもいいの？

　その問いが、彼の背から聞こえてくる。

　私はまた、境遇のせいにして自分自身に負ける？

　唇を噛んで俯いた、そのとき——。

「お前はどう思う」

　私を自由へ誘う風が、心に勢いよく吹きこんでくる。

　夜斗くんの声は、私に問いかけていた。

「お前も、その男と同意見か」

　目の前の背から半歩横にずれれば、夜斗くんの強い眼差しが私に注がれる。

　覚悟を試されているような気がした。

　私は拳を握りしめる。

　思い出すのは、朝送られてきた夜斗くんからのメッセージ。

【夜斗：まだ保健室にいるのか？　自由になりたかったら、そこから飛びだせ。自分もみんなと授業を受けたいって親にちゃんと言え。一度断られたからって、めげるなよ】

　自由になりたかったら、そこから飛びだせ。

　きみの声が、言葉が、曇りない瞳が……。

　私に、勇気をくれる。

　大きく息を吸って、吐く。

　そして、また吸うと——。

「私は自分の意思で、力で、ちゃんと生きていけるよ！」

　はっきりとそう言うと、夜斗くんは満足そうにふっと笑

みをこぼす。
　それに、私の答えは間違っていなかったんだと気づいた。
　ほっと胸をなでおろしていると、要が信じられないといった様子で私を振り返る。
「なにを言ってるんだ。蕾のことは、俺が守ってやらないと……」
　それを聞いて眉間にしわを寄せた夜斗くんは、要を押しのける。
「そうやって、守ってやってるつもりなんだろうけどな」
　聞いた者を竦みあがらせるほどの威圧感を放って、夜斗くんは告げる。
「お前らがしてることは、こいつを縛りつけて、苦しめてるだけなんだよ」
　夜斗くんの言葉に、要は身体を震わせて逆上する。
「知ったようなことを言うな！」
「お前こそ、こいつのなにを知ってる」
「な……んだと？」
　うろたえる要とは違って、夜斗くんは冷静だった。
　ただ、静かに怒っていた。
　その恐ろしさに、空気が凍りつく。
　通りすぎていく生徒たちの中には、夜斗くんが話すたびにビクリと肩を縮ませる者もいた。
「蕾はお前たちの愚行も自分を思ってしてくれてることだからって、傷ついてることにすら気づいてねえ。それがどういうことかわかるか？」

「なにが言いたい」
「お前らはこいつの優しさを利用して、自分の意思で生きられねえように、いちばん汚いやり方で自由を奪ってんだよ」
「……違うっ、蕾は心から俺を必要と……」

　要はまっ青な顔であとずさり、私にぶつかる。

　振り返った要は、私に手を伸ばそうとした。

　でも、その手が私に届く前に、夜斗くんに抱きよせられる。

「そうやって怯えるってことは、こいつに嫌われるようなことをしたって、思いあたる節があるんだな？」

　その質問に、要の瞳が揺れる。

　会話が途切れると、夜斗くんは私の手をとって見つめてきた。

「お前が自由を望むなら、俺はどこまでもお前をさらう」

　その強い瞳と手が、私の願いを現実に変えようとしてくれている。

　自分の気持ちは揺らいでばかりで、本当の願いは大切な人たちへの罪悪感にうずもれてしまいがちだけど。

　もう、この人の言葉だけに耳をかたむけよう。

　そうすれば、自由になりたいという心を見失わずにいられるから。

「どこまでも、連れさってほしい」
「それが蕾の願いだな？」
「うん、私の願いだよ」

迷いなくそう言うと、強く手を引かれる。
　そして夜斗くんは、ぼんやり立ちつくしている水希くんに向かって叫んだ。
「お前も来い！」
「ん、りょうかい」
　気が抜けそうなほど呑気な返答があった。
　私は夜斗くんに引っぱられるようにして、その場から駆けだす。
　置きざりにした要のことは気がかりだった。
　でも、今は振り返りたくなかった。
　後ろを見てしまったら、この気持ちが揺らいでしまいそうで……。
　だから私は、夜斗くんの背だけを見つめたのだった。

　なりゆきで放課後に友だちと出かけることになった私は、夜斗くんたちに連れられて、スポーツができるアミューズメント施設に来ていた。
「ローラースケートなんて私、初めてかも」
　自分でうまく履けなかったレンタルの靴を夜斗くんに履かせてもらいながら、私は呟く。
　夜斗くんは手を動かしながら、視線だけ私に向けてきた。
「本当に過保護な家だな」
「だよね」
　過保護にされる理由は、まだ話してない。
　なのに、夜斗くんは無理に聞いてこない。

私が触れられたくないことだって、気づいているからこその優しさだった。
「知らないことは、これから俺が教える」
「……っ、うん。ありがとう」
　　きみの言葉は、私の傷にそっと薬を塗ってくれるみたい。
　　本当に、すごい人だ。
　　簡単に、私の心を救ってしまうんだから。
「大丈夫か」
　　靴を履きおわると、夜斗くんが私を立たせてくれる。
　　私は夜斗くんの手に掴まったまま、笑顔を返した。
「うん、ありがとう。そういえば……」
　　水希くんの姿がない気がする。
　　キョロキョロしていると、夜斗くんは私の考えに気づいたらしい。
「あいつなら、あそこだ」
　　夜斗くんの視線の先を追うと、ベンチに座ったままウトウトしている水希くんがいた。
「ええっ、寝てる！」
　　こんなガヤガヤしている所で、よく寝られるな。
　　驚いていると、夜斗くんはため息を吐いた。
「いつものことだ。ほら、行くぞ」
　　そう言って私の手を引き、リンクに上げてくれる。
「わっ、スケートみたい」
　　靴のローラーのせいでツルツル滑り、立つのがやっとだ。
　　ほぼ夜斗くんに引きずられるようにして、リンクを円を

描くように歩く。
「怖くないか?」
　私を支えて歩く夜斗くんは、器用に振り返った。
　運動神経がいいんだな、と感心しながら私は答える。
「夜斗くんがいるから、大丈夫。それに……風になったみたいで気持ちいいよ」
「そうか。お前が楽しそうでなによりだ」
　ふっと笑って、夜斗くんは前を向く。
　すると、私たちの横を誰かがものすごい勢いで駆けぬけていく。
　信じられないスピードで、しかも後ろ向きでリンクを走っていたのは、まさかの水希くんだった。
「ふたりともー、次はテニスやろうよー」
　しかも、動きに見合っていないゆっくりとした口調で、そう言った。
「水希くんって、あんなに激しい動きもするんだね」
　まだ一緒にいて数時間だけど、常にあくびをして眠そうだった。
　もっと、おっとりした人なのかと思っていたんだけど……。
「ああ見えて、運動神経はいいからな」
　さほど驚いた様子もなく、夜斗くんはそう言って水希くんに追いつくように足を動かす。
「蕾、手ー貸して」
　夜斗くんと繋いでいないほうの手を、水希くんに掴まれ

る。
　私はふたりに支えてもらいながらリンクを滑り、風を感じた。
「夜斗くんと水希くんは、どうやって友だちになったんですか？」
　水希くんの手前、敬語で話す。
　すると、水希くんはコテンッと首を傾げた。
「変なしゃべり方」
「えっ」
　目を瞬かせると、じっと水希くんに見つめられる。
　どこらへんが、おかしかったんだろう。
　友だちなんて指で数えられるほどだし、どうやったら相手を不快にさせないかがわからない。
　また、困って夜斗くんの顔を見上げると、すぐに私の視線に気づいてくれた。
「敬語がよそよそしいって、言いたいんだろ」
　だから安心しろ、とばかりに頭に手を乗せてくる。
「そうだったんだ……」
　私は改めて水希くんに向き直る。
「ごめんね、敬語が癖で……」
「ふうん」
「あ、の……」
　会話のキャッチボールが終了した。
　共通の話題もないし、なにを話せばいいんだろう。
　また夜斗くんに助けを求めようと思ったとき、水希くん

が口を開く。
「入学式の日、校門前で寝てたら夜斗が僕を体育館まで運んでくれたんだ」
「え？」
　急に始まった思い出話に、私は目を瞬かせる。
　もしかして、仲良くなったきっかけを話してくれてるのかな。
　その考えにいたって、私は耳をかたむける。
「クラスも一緒で席も前後だったから、夜斗がちょっかいかけてくる」
　そう言う水希くんに、黙って聞いていた夜斗くんはため息を吐いた。
「ちょっかいをかけるのは、お前が四六時中寝てるからだ」
　反撃とばかりに、夜斗くんは水希くんに軽く抗議する。
「俺の前の席のお前が寝てると、プリントが回ってこねえんだよ。昼休みは飯を食うのも忘れて寝てるし、起こさないわけにいかないだろ」
　淡々と告げる夜斗くんの顔には、疲弊の色が見える。
　なんだかんだで面倒を見てる夜斗くん、優しいな。
「夜斗くんって、世話好きなんだね」
　ふふっと笑いながら言うと、夜斗くんは顔をしかめる。
「冗談だろう。俺は極力、人に関わりたくないたちだ」
「そうかな？　夜斗くんは人が好きだと思うよ」
「なんでそう言いきれる」
「だって、人が好きじゃなきゃ、私や水希くんのためにな

にかしようって動く理由がわからないから」
　私たちに優しくしても、夜斗くんの手間が増えるだけで、なんのメリットもないはず。
　それなのに助けてくれるなんて、人が好きだからという理由以外になにがあるんだろう。
「どうだろうな」
　夜斗くんの答えは曖昧だった。
　その顔をのぞきこむと、視線に気づいたらしい彼が私を見つめる。
「そうかもしれねえけど……全員に対してそう思うわけじゃない。お前たちだから、なにかしたいと思う」
「そっか」
　うれしくて口もとがゆるむのを感じながら返事をすると、夜斗くんは前髪をかきあげる。
　夜斗くんって、よくこの仕草をするな。
　もしかして、照れかくしかな？
　そういうきみの癖を知るたびに、私の孤独で空っぽだった心が満たされていく。
　もっと、きみのことを知りたいな。
「そろそろ、テニスコートに行こうよー」
　グイグイと私の手を引く水希くん。
　いきなりだったので、私は前のめりになり、バランスを崩してしまった。
　しかも、水希くんを巻きこんで倒れそうになったとき、腰に腕が回る。

「危ねえだろ」
　間一髪のところで、夜斗くんが私と水希くんを両脇に抱えるように支えた。
「危なかった……。ありがとう、夜斗くん」
「さすが夜斗、ヒーローだね」
　感謝を伝える私と水希くんに、夜斗くんは盛大なため息を吐いたのは言うまでもない。

　水希くんたっての希望で、私たちは屋上のテニスコートにやってきた。
　テニスはやったことがなかったので、最初は水希くんと夜斗くんのラリーを見学することにした。
　普段は危ないからって、スポーツはやらせてもらえなかったから……。
　身体を動かす気持ちよさ、みたいなのを生まれて初めて知れた気がする。
　痛みを感じないというのは、どんな病気よりも恐ろしいことだ。
　痛みというのは、身体のＳＯＳ。
　それがないと身体の不調や怪我に気づけず、知らぬ間に骨折をしていたなんてこともありえる。
　また、力かげんがわからないことも危険だ。
　無痛症の赤ちゃんは指に穴が開くほど指しゃぶりをしたり、目をこすっているうちに失明したりすることもある。
　私も実際にしたけれど、舌を血が出るほど噛んでしまっ

たり。
　それが危険なことだとわからないで、自分の身体を傷つけてることがあった。
　鎮痛剤が根本的な治療にならないのと同じで……。
　無痛症も痛みを感じないだけで、病気や怪我になっても平気なわけじゃない。
　だから、お父さんもお母さんも、私から危険を遠ざけたかったんだ。
　ふたりのラリーを見ながらそんなことを考えていると、隣のコートでラリーをしている男性の後ろを3歳くらいの男の子が駆けぬけようとしているのが見えた。
　それに気づかずに、ボールを追っている男性はどんどん下がっていく。
　あれ、危ないかも。
　あのままラケットを振ったら、子どもにぶつかる。
　そう思った私は、とっさに駆けだしていた。
「蕾、なにして……」
　夜斗くんの声が聞こえたけれど、私は足を止めない。
　間に合わないかもしれないけど、あの子が怪我したらと思うと、いても立ってもいられなかった。
　大きくラケットを振ろうとする客から、子どもをかばうように抱きしめる。
　そのすぐあとに、ガツンッと頭に振動を感じて、私は地べたに尻もちをついた。
　でも、痛みはまったく感じない。

男性はラケットでなにかを殴ったことに気づいたらしく、慌ててこちらを振り返る。
「す、すみません！」
　焦った様子で謝られたけれど、私は笑顔を向けた。
「大丈夫です」
　そう言うと、男性は驚愕の表情を浮かべた。
　なんだろう？
　不思議に思いつつ、私は腕の中の男の子を見つめる。
「どこも怪我してない？」
　そう聞くと、男の子はふるふると首を横に振った。
　そして、私の額を指差す。
「お姉ちゃん、血が出てる」
「え？」
　指摘されて、額に触れてみる。
　すると、手に赤い血がついた。
「本当だ」
　男の子に言われて初めて、ラケットで額を切っていたことを知る。
「本当にすみません！」
　何度も謝る男性客に、私は大袈裟だとばかりに顔の前で両手を振る。
「そんな、どばどば出血してるわけじゃありませんし、気にしないでください」
　そう言えば、男性は申し訳なさそうにペコペコと頭を下げながら、一緒にラリーをしていた友人とコートを去って

いく。
　そこへ夜斗くんと水希くんが駆けつけてきた。
「僕、傷を洗う用の水買って持ってくる」
　そう言って走りさっていく水希くんを見送ることなく、夜斗くんは私のそばにしゃがんだ。
「とにかく、これで押さえろ」
　夜斗くんは紺色のハンカチで私の額を押さえる。
　それを心配そうに眺める男の子に気づいて、私は笑った。
「お姉ちゃんは無敵だから大丈夫だよ。もう、お母さんの所へ戻って？」
　血を見るのは、子どもからしたらひどい衝撃だったはず。
　これ以上、怖い思いをしてほしくない。
　そんな気持ちで男の子を諭せば、心配してくれているのか、何度も振り返りながら家族のもとへ戻っていく。
　それを見送って、ほっと息を吐いたとき。
「なにが無敵だ。全然、大丈夫じゃねえだろ」
　声が聞こえて、私は夜斗くんのほうへ顔を向ける。
　すると、眉間に深いしわを刻んで、明らかに怒っている夜斗くんと目が合った。
　私は肩を竦めながら、素直に謝る。
「ごめんなさい。でも、痛くないから大丈夫だよ」
「血も出てんのに、痛くないわけねえだろ」
　きっぱりと私の意見を突っぱねる夜斗くん。
　"痛くないわけない"という言葉に、私の胸はチクリと痛む。

こんなに心配してくれてるのに、ごめんね。
　本当に痛くないんだ。
　ごめんね……。
　申し訳なくて曖昧に笑うと、彼の目に気づかいがにじむ。
「お前、なんかおかしくないか」
「そ、そうかな」
　悟られまいと、ごまかした。
　でも、夜斗くんは納得いかなそうに私の顔をじっと見つめている。
　その視線に耐えきれなくなって、目をそらした。
「あー……。やっぱり、ちょっと痛い……かも」
　できれば、無痛症のことは知られたくない。
　普通の人のように過ごさないと、また病人だからという理由で遊びに誘ってもらえなくなるかもしれない。
　だから、嘘をついた。
「だろうな、血が出てるんだから。……ったく、強がんなって言ってんのに」
　困ったやつだな、と言いたげに手当てしてくれる夜斗くんに、また胸がチクチクと痛む。
　せっかく手に入れた小さな自由さえ、失ってしまうかもしれない。
　そう思ったら、本当のことは言えなかった。

　アミューズメント施設を出ると、東の空から夜の濃紺が迫っていた。

「傷、お大事にー」

バイトがある水希くんは、手を振って駅のほうに去っていく。

水希くんと別れた私たちは、これからどうしようとばかりに向きあった。

「帰りたいか」

問うような夜斗くん視線。

私は思わず、彼の服の袖を握る。

「あっ……まだ、一緒にいたい」

自然と本心がこぼれる。

望むことをあきらめて、誰かの求める答えばかりを口にしていた私からしたら、大きな進歩だった。

「偶然だな、俺もだ」

耳を疑いそうなほど、私にとって都合のいい言葉が聞こえてきた。

夜斗くんが同じ気持ちだとわかって、心臓がトクトクと鳴る。

しかも、その音はクレッシェンドを効かせてきた。

「え……」

聞き間違いじゃ、ないよね？

そうだったらどうしよう。

そんな迷いは、彼の言葉によって遮られる。

「俺も、お前と一緒にいたい」

「っ……本当に？」

「俺は、お前に嘘はつかない」

私は、気持ちを偽ってばかりなのに……。
　きみのまっすぐすぎる言葉に、胸が苦しくなる。
　もちろん、理由は幸福感と罪悪感があふれるから。
　夜斗くんは私の手を握り、いつものように引いてくれる。
「倉庫に行くぞ」
「うん」
　大事なことはなにも話せていないのに、居場所や優しさ、他にもたくさんもらってばかりでうしろめたさもあるけれど……。
　狼牙のみんなに会える。
　なにより、夜斗くんとまだ一緒にいられる。
　それだけで、ワクワクが止まらなかった。
　他愛のない話をしながら一緒に港の倉庫にやってくると、中にはひとりを除いて誰もいなかった。
「顔を出すには、早かったようだな」
　スーツの上から黒いスプリングコートを羽織ったその人は、20代後半くらいだろうか。
　夜斗くんに似た夜の静けさのような空気をまとい、抑揚の乏しい声で呟く。
「しばらく見ないうちに、新顔が増えたな」
　こちらを振り返った黒髪の男性は、静かな水底のような目をしていた。
「誰だ」
　夜斗くんは私をかばうように、前へ出る。
　私はその背にしがみついて、眼前の男性に視線を向ける。

そんな私たちを見た男性は、目を細めて小さく唇に弧を描いた。
「お前たちを見ていると、昔を思い出す」
　そう言って、男性はとてつもない存在感を放ちながらこちらに歩いてくる。
「俺は秋武蓮。狼牙の元総長で秋武財閥の社長をやってる。タケから聞いていないか」

　狼牙の前総長……この人がそうなんだ！
　驚いているのは私だけでなく、夜斗くんもだった。
　表情に大きな変化があるわけじゃないけど、目を見張ってる。
「会うのは初めてだ……すんません。俺、襲撃かと思いました」
「いや、俺も仕事が忙しくて、倉庫に顔をだせていなかったからな。知らなくて当然だ」
　だから気にするな、と言うように、そばにやってきた秋武さんが夜斗くんの肩に手を置く。
「でも、蓮総長のことは狼牙の皆から聞いています。すげぇ強かったって」
　そう言う夜斗くんに「そうか」と返す秋武さん。
　こうして一緒にいるところを見ると、前に総長さんが言っていたとおり、話し方も雰囲気もなにもかもが似ている。
　そんなことを考えながらふたりを眺めていると、秋武さんは私を見た。

「お前は狼牙の人間じゃないな」
　——えっ、どうしてわかったんだろう。驚きつつも、私も返事をする。
「あっ、はい！　夜斗くんに連れてきてもらって……」
「なるほど、ワケありか」
　なにかを察したらしい秋武さんは、夜斗くんに視線を戻す。
「夜斗、お前の目は昔の俺に似ている」
「昔の蓮さんに？」
「なにかをあきらめた目だ」
「……っ、そうですか」
　夜斗くんは痛みをこらえるような顔をした。
　夜斗くんのあきらめたもの、それは家族の絆。
　明確ではなくても、秋武さんは言いあてていた。
「それから、そっちの……」
「あっ、広瀬蕾です」
　再び私を見た秋武さんに、ペコリと頭を下げて自己紹介する。
「蕾も、俺のよく知る女にそっくりだ」
「秋武さんのよく知る人……ですか？」
「見た目がとか、そういう話じゃない。見えない傷を隠して、抗えない運命をその小さな身体に背負ってる」
　心をのぞかれた気がした。
　見えない傷は、自分の体質が大切な人たちの人生を狂わせた罪。

抗えない運命は、この体質――無痛症を指していた。
「お前たちは、過去の俺と……俺の大事な女に似ている」
　そう言った秋武さんは、まるで預言者のように見えた。
　圧倒的な威厳に、なにもかもを見透かしたような瞳。
　私は恐れすら感じて、夜斗くんの手を握る。
　すると、私の手を夜斗くんも握り返してくれた。
「俺は大事な人と自分らしく生きるために、乗りこえなければならない運命と向きあった」
　開いた倉庫の扉から茜色の空を見た秋武さんは、空ではなくどこか遠くを見つめているようだった。
「どんな事情がお前たちにあるのかは検討もつかないが、幸せのためにあがくことをやめるな。つらいことや嫌いな人間からただ逃げて、切りすてて手に入れた未来は、自分も守りたい人も傷つける。本当の幸せじゃない」
　なにも知らないはずの秋武さんから、諭すように告げられた言葉は痛いくらい的を射ている。
　私や夜斗くんが逃げているのは、家族。
　夜斗くんが切りすてようとしているのは、お父さんとの繋がりだ。
「お前たちが望んだ未来を掴めることを俺も願っている」
　それだけ言いのこして、仕事の電話が入ってしまった蓮さんは倉庫を去っていく。
　残された私と夜斗くんは手を繋いだまま、しばらくその場を動けなかった。
「痛いね……」

身体ではなく、心が。
　そう呟けば、夜斗くんは前を見たまま「そうだな」と返事をする。
　その横顔を見つめていたら、夜斗くんが意を決したように私のほうを向いた。
「俺は……俺のほうから親父を切りすてて、自分の力で生きていくんだと思ってた」
「うん」
「でも俺は、ただ親父に向きあうのが怖かっただけだ。本当に拒絶される前に、逃げただけ……だった」
「夜斗くん……」
　私は彼を励ましたくて、繋いだ手に力をこめる。
　それに気づいた夜斗くんは、少しだけ苦痛に歪められた顔をゆるめる。
「いいかげん、向きあわねえと。いつまでもお袋が浮気したことを引きずって、子どもにあたるなって、自分の気持ちを伝えるときなんだろうな」
　夜斗くんは言葉にするたびに、少しずつ覚悟を決めているように思えた。
　私はきっと間違いじゃないよ、と言うようにうなずく。
「どこまでも一緒に行くから」
　きみが私をあの部屋から連れだしてくれたように。
　世界を教えてくれたように。
　私もきみのために、なにかしたい。
「ありがとな。お前がいてくれるだけで心強い」

夜斗くんは私をその腕に閉じこめるように抱きしめて、ふうっと息を吐いた。
「悪い、少しだけこうさせてくれ」
「うん、いくらでも」
　私からも彼の背に腕を回して、しがみついた。
　触れていたかったのは、私も同じ。
　なぜかわかる、きみの体温と……。
　そして、鼓動を感じられたなら、この先に待っているだろう困難にも、きっと耐えられる。
　そんな勇気をもらえるような気がした。
　私も、両親に向きあうときなのかもしれない。
　乗りこえなければならない両親という壁をきちんと見つめて、その先に行けるように。
　自分の手で、自由を取りもどさなくちゃ。
　その簡単にはいかない茨の道をきみと進むために、今だけはお互いの温もりに身を任せよう。
　そして、私たちの心が決まった、そのときは——。
　痛くて苦しくて涙が流れても、一緒に乗りこえよう。
　すべては、ふたりの未来のために。

○Episode 8 ○　　家族

【蕾side】
　倉庫から20分ほど歩いた。
　気づけば空は、完全に濃紺一色に覆われている。
「家に帰るのは一週間ぶりだ」
　壁の黒い染みが廃墟を思わせる古いアパートを見上げながら、夜斗くんはしみじみと呟いた。
「え、じゃあ夜斗くんは、どこで寝泊まりしてるの？」
「倉庫だ」
「それは……お父さんと会いたくないから？」
　夜斗くんはなにも言わなかったけど、沈黙が答えだと思った。
　アパートの中に入り、階段をのぼって２階に行く。
　そしてある１室の前に立ったまま、いっこうに鍵を開けようとしない夜斗くん。
　取っ手に手をかけたまま、思いつめたように扉を見つめていた。
「夜斗くん」
　私は彼の手の甲に、そっと自分の手を重ねる。
　夜斗くんは弾かれるように、私を見た。
「蕾？」
「大丈夫だよ、焦らなくて」
　誰だって、すれちがってしまった大事な人と向きあうの

は怖い。

　だから、急ぐことはない。

　もし今日、この扉を開ける決心がつかなくたって、誰も夜斗くんを責めることはできない。

　そんなこと、私が許さない。

「心が決まるまで何時間でも待つ、何度でも一緒にここに来る」

　私がなにを言いたいのか、気づいたらしい夜斗くんは、少しだけこわばっていた表情を和らげる。

「お前は……がんばれ、とは言わないんだな」

「その言葉が必要なときは、そう言うよ」

　でも、今のきみに必要なのは逃げ道。

　誰かにうながされてお父さんと向きあっても、きっと意味ない。

　夜斗くん自身が今の現状を、お父さんとの関係性を変えたいと思わないと。

　だって、これまでされた仕打ちは消えないから。

　心が決まってない状態でお父さんと話しても、怒りで頭の中がいっぱいになって、ケンカになってしまうはず。

　冷静にお父さんと向きあえなくなるくらいなら、話しあいは万全の状態になってからでもいいと思う。

「守らねえとって、思ってたのにな……。やっぱり、蕾にはかなわない」

「お互いさまだよ」

　私だって、叶えたい未来のために自分の手で道を切りひ

らこうとする、きみの強さにはかなわないって思う。
「俺は、もう逃げたくねえ。だから……」
「うん、わかってる。どこまでも一緒に行くよ」
　夜斗くんは覚悟を決めた。
　それがわかったから、先回りして彼を受けいれる。
「ああ、ありがとうな」
　夜斗くんはふっと笑って、ついに扉を開けた。
　中に入ると、たばこの煙がもくもくと部屋に立ちこめている。
「けほっ」
　咳こむと、夜斗くんが心配そうに私を振り返った。
「大丈夫か」
「うん、ごめんなさい」
　空気がよどんでる。
　たばこにアルコールが混じったような、異様な臭いがする。
　玄関から続く廊下には缶ビールの空き缶や衣服が散らばっていて、見るからに荒れはてていた。
「親父、リビングにいると思うから」
　夜斗くんがそう言ったとき、バタンッと目の前の扉が開いた。
　そこから出てきたのは無精ひげを生やした、顔の赤い中年の男性。
　ひと目で酔っているのだとわかった。
　男性はズカズカと大股でこちらにやってくると、大きく

拳を振りあげる。
「毎日毎日、どこをほっつき歩いてるんだ！」
　声を荒げて、夜斗くんに殴りかかった。
　もしかして、この人が夜斗くんのお父さん!?
　だったら、絶対に夜斗くんを殴らせちゃいけない。
　これ以上、ふたりの溝を深めてはいけないから……！
　そう思ったら、夜斗くんの前に飛びだしていた。
「うっ……」
　お父さんの拳が唇にあたって、私は横に吹きとぶ。
　その勢いで廊下の壁にぶつかり、一瞬呼吸ができなくなった。
　でも、それだけだった。
　やっぱり痛みは感じない。
「蕾……なんで、お前……」
　夜斗くんは、呆然と私を見下ろしていた。
　それから、ぐっと歯を食いしばるのがわかった。
　その目に、じわじわと怒りの炎が揺らめく。
「いつもいつも……親父は話をする前に手が出やがる」
　夜斗くんは、ゆらりとお父さんのほうへ歩いていく。
　その表情は俯いていて見えないけど、怒っているのは確実だった。
「俺の大事なもんに、傷をつけた代償はでけえぞ」
　もはや、殺意だったのではないか。
　そう錯覚してしまうほど、顔を上げた夜斗くんの目は鋭利な刃のようだった。

前に、紅嵐の人たちをボコボコにしたときと同じ、危うさをまとっている。
　このままじゃ、ダメだ。
　夜斗くんは私のせいで、お父さんを傷つけちゃう。
　自分がかばえば、丸く収まるなんて考えは甘かった。
　夜斗くんが私を大切に思ってくれているのは知ってたのに、安易だった。
「わかりあうなんて、初めから無理だったんだよ……！」
　怒鳴りながら、夜斗くんがお父さんを殴ろうとする。
「夜斗くん、やめて！」
　私は起きあがって夜斗くんの腕にしがみつくと、それをやめさせた。
「……っ、お前……身体は大丈夫なのか？」
　驚きを隠せない様子で、夜斗くんは私を見る。
　その迷うように揺れる瞳に、私は笑顔を向けた。
「私は平気だから、深呼吸して」
「平気なわけねえだろ、血だって出てるんだぞ」
「え、血？」
　きょとんとしていると、夜斗くんは手が汚れるのも気にしないで、私の唇を指でぬぐう。
　すると彼の指には、少しだけ赤い血がついていた。
「本当だ……気づかないくらいだから、こんな傷たいしたことないよ」
　安心させるように言うと、夜斗くんは悔しそうに拳を握りしめる。

「悪い」
「謝ることなんてない。私の意思でしたことなんだから」
　私は夜斗くんにそう答えて、お父さんのほうを向く。
　お父さんは私を殴ってしまったことに困惑しているのか、自分の拳を見つめて固まっていた。
「夜斗くんのお父さん」
　私は一歩前に出て、夜斗くんのお父さんに声をかける。
「誰だ……お前は」
「私は、夜斗くんの友だちの広瀬蕾といいます」
　お辞儀をすると、夜斗くんに後ろから手を引かれた。
　振り向けば、危険だからむやみに近づくなと言いたげな顔をしている。
「大丈夫、夜斗くんのお父さんなんだから」
「お前は、なんでそこまで人を信じられるんだよ」
「人をっていうより……私の信じている人のお父さんだから、信じられるんだよ」
　そう言うと、夜斗くんは信じられないといった様子で、言葉を失っていた。
「夜斗くん、ちゃんと向きあうって決めたなら手はださないで。わかってもらうまで、話そうよ」
「蕾……」
　夜斗くんに笑みを返して、今度はお父さんに対面する。
「夜斗くんに言いたいことがあるなら、拳じゃなくてちゃんと言葉をぶつけてください。でなきゃ、ふたりはずっとずっと心も身体も痛いだけです」

私の言葉が届いたかは、わからない。
　でも、お父さんは長い息を吐き、自分の髪をかきあげながら夜斗くんを見る。
「俺は……母親にそっくりのお前を見ると、怒りがわいてきて、かわいく思えなかった」
「そんなの、俺には関係ねえだろ」
　怒りを抑えこむような答える夜斗くんの声に、私の胸は締めつけられる。
「ああ、関係ない。わかってはいても、家族よりも男を選んだお前の母さんの顔が頭に浮かんで、腹が立ったんだ！」
　お父さんの悲痛な叫びが廊下に響き渡る。
　それを聞いていた夜斗くんはお父さんに歩みよると、その肩をむんずと掴んだ。
「俺は……あんたが俺を大事に思ってないことがわかって、生んどいて勝手だと思った」
「夜斗……」
「正直、今もはらわたが煮えくり返ってる」
「ああ、恨みたければ恨め。縁を切られても仕方ないことを俺はしたんだから」
　お父さんは力なくうなだれた。
　それでわかったことがある。
　お父さんは、口では顔を見るだけで怒りがわくなんて言いながら、夜斗くんを愛しているのだと。
「……お父さんは、夜斗くんがお母さんに似てるって言ってますけど……」

私はおずおずと声をかけた。
　割って入るのは悪いと思ったけど、どうしても伝えたいことだった。
「不器用なところとか、髪をかきあげる仕草とか、お父さんにそっくりなところはたくさんあると思います」
　お母さんにだけじゃなく、お父さんにそっくりなところもたくさんあるはずだ。
　だって、初めてお父さんを見た私でさえ、ふたつも夜斗くんにそっくりなところを見つけられたんだから。
「夜斗くんは、お父さんの子どもでもあるんですよ」
「俺の……」
　お父さんは夜斗くんの顔をまじまじと見つめる。
　その震える手を伸ばして、夜斗くんの頬に触れた。
「言われてみれば、目つきの悪さは俺譲(ゆず)りだな」
「余計なお世話だ」
　夜斗くんはぶっきらぼうに返しながらも、どこかうれしそうに口もとをほころばせている。
　そこで空気が少し和らいだ。
「俺は……きっと、お前に向きあうのが怖かったんだと思う」
「どういう意味だ」
　夜斗くんは片眉を持ちあげて、軽く首を傾げる。
「お前の母さんが出ていったのは、仕事ばかりで家のことなんて少しもかえりみなかった俺のせいだって……。母さんにそっくりなお前の顔を見ると、そう責められてるみた

いで怖かった」
　お父さんなりに、後悔していたのかな。
　だけど、謝りたかったはずのお母さんはもういなくて……。
　行き場のない怒りと悲しみを夜斗くんにぶつけるしかなかった。
　夜斗くんは、お父さんの気持ちを聞いてどう思ったかな。
　ちらりと、夜斗くんの表情を確認する。
　すると難しい顔をして、頭をガシガシとかきながら、夜斗くんはゆっくりと口を開いた。
「親父、置いていかれたのは俺も同じだ。だから……」
　いったん言葉を切った夜斗くんは、お父さんをまっ向から見据える。
「これからは、ふたりで生きていけばいいだろ」
　夜斗くんの言葉には遠回しだけど、ひとりじゃないという意味がこめられていた。
　それがお父さんにも伝わったんだろう。
「あ……そうか、そうだな。たったふたりの親子だしな」
　今にも泣きだしそうな顔で、お父さんはぎこちなく笑う。
　それから、やっぱり我慢できなかったのか、目頭を押さえていた。
　完全にとはいかないけれど、夜斗くんとお父さんは和解への一歩を踏みだした。
　それを見届けられて、本当によかったと心の底から思う。
　夜斗くんはすぐには気持ちの整理が難しいけれど、家に

も帰ると約束して、私たちはアパートを出た。

　夜の8時を回っていたこともあって、「送る」と言ってくれた夜斗くんと私の家を目指して歩く。
　頭上に広がる星空は、いつもより美しく見えて、私はふふっと笑い声をもらす。
　私が笑っているのに気づいた夜斗くんは、不思議そうに顔をのぞきこんできた。
「面白いもんでもあったか」
「一番星、どこかなって」
　夕方か明け方しか見えない星だけど……。今もこのたくさんの星の中で、一生懸命輝いているんだろうな。
「そんなもの、探す必要ねえよ」
「え？」
　夜斗くんの言葉の意味がわからなくて私は首をひねる。
「俺たちは、お互いが一番星なんだろ」
「あ……そうだね。隣にあるんだから、わざわざたくさんある星の中から探す必要は、ないんだよね」
　私はピタッと夜斗くんに寄りそう。
　すると、夜斗くんの手が私の顎にかかった。
　そのまま夜斗くんのほうを向かされて、ドキッとする。
　夜斗くんの瞳は、吸いこまれそうなほど澄んでいたから。
「痛むか」
　唇を親指でなでられて、私はドギマギしながら答える。
「ううん。心配しなくても、これくらい大丈夫だよ」

「お前の大丈夫は信用ならない。これまで、怪我してもいつも大丈夫、大丈夫って……口癖か?」
　そうじゃ、ないんだ。
　本当に痛くないから、そう言ってるだけ。
　でも、それを伝えられないことが心苦しい。
　目を伏せると、夜斗くんの手があやすように私の頬をさする。
「お前に秘密があることは、なんとなく察してる」
「夜斗くん……ごめんね」
「謝るな。それでも俺は、お前のそばにいる」
　そっと、その胸に引きよせられる。
　誰もいない住宅街の道のまん中で、私たちは寄りそった。
「お前が背負っているもんも含めて、俺はお前を受け入れてる」
　夜斗くんの顔が近づいて、額に柔らかい感触を受けた。
　キスされたのだと気づいて、私は息をつまらせる。
「お前が俺のために全力で身体を張ってくれたみてえに、この身も心もお前のために使うって、誓うから」
「夜斗くん……。どうして、そこまでしてくれるの?」
　そう尋ねれば、夜斗くんの瞳が私をつかまえた。
　ああ、見えない引力に誘われているみたい。
　視線が、離せない……。
「どうしてだろうな。俺にもわからねえけど、お前が大事で、この手で守りたくて、なにがなんでも離したくない」
　それじゃあ、まるで告白だよ。

私の心は夜斗くんの言葉にかきみだされる。
　夜斗くんは顔をかたむけて、また私に近づく。
　唇が触れる、と思った瞬間に目をつぶった。
　きみになら、初めてのキスを捧げてもいい。
　心からそう思った自分にとまどったけれど、不思議とよろこびが胸にこみあげる。
　きみともっと近づける。
　そう思って心待ちにしていたのに、いっこうに触れてこない。
　それどころか、彼の気配が遠のいた。
　目を開ければ、目もとを赤くした夜斗くんが片手で口を覆っていた。
「抵抗しろ」
「え？」
「このまま、俺に奪われてもよかったのか」
「あ、あの……」
　そうですって言ったら、きみはどんな顔をするんだろう。
　自分の大胆な気持ちに気づいて、恥ずかしくて穴があったら入りたくなる。
　お互いに俯いて、それでも離れがたくて手をつなぐ。
　きみという存在が自分の中でどんどん大きくなっていくのを、私はたしかに感じていたのだった。

chapter 3

○Episode 9 ○　秘密から解きはなって

【蕾side】
　ふたりで手を繋ぎながら家に帰ってくると、門の前にお父さんとお母さん、そして要が仁王立ちして待っていた。
「蕾、これはどういうことなの」
　お母さんの厳しい目が、私とその隣にいる夜斗くんにも向けられる。
「要くんから聞いたぞ。きみが蕾を無理やり連れまわしてるって」
　お父さんの言葉に、ショックを受ける。
　要が両親に報告したんだ……。
　どんなときも味方でいてくれるって、信じてたのに。
「金輪際、蕾には近づかないでくれ」
　そう言って、お父さんが夜斗くんに近づこうとした。
　私はとっさに夜斗くんの前に出て、両手を広げる。
「無理やりじゃない、自分から望んで夜斗くんについていったの！」
「いつから、そんなに聞きわけのないことを言うようになったんだ」
「私は自由になりたいの！　なのに、そんな言い方——」
　言いかけた言葉は、夜斗くんに肩を引きよせられたことで途切れる。
「勝手に連れだしてすみません」

夜斗くんは頭を下げる。
なんで、謝るの？
私が勝手に、きみについていったのに。
そんな思いが通じたのか、夜斗くんは私に向かってふっと笑う。
それが私を安心させるためにしたということは、すぐにわかった。
「言っただろ、俺たちはお互いが一番星だって」
私にしか聞こえない、小さな声で夜斗くんは囁く。
「お前の壁は、俺も一緒に乗りこえる」
巻きこみたくないと思いながら、夜斗くんの存在が頼もしかった。
「今回のことは俺を責めてくれて、かまいません。でも、蕾さんの話を聞いてあげてください。どうか、聞きわけがないと切りすてないでください」
夜斗くんは深く深く頭を下げる。
私のために、ここまでしてくれた。
私も、感情に任せて怒鳴っちゃダメだよね。
ちゃんと、言葉で話しあわないと。
そう思ったら、荒ぶっていた気持ちが落ちついてくる。
「お父さん、お母さん、お願い……」
私は一歩前に出て、まっすぐに両親に向きあう。
「私はみんなと授業を受けたいし、友だちと遊びにも行きたい。今しかできないことを全力でやりたいの」
無痛症だからって、びくびくしながら生きていくような

ことはしたくない。
　無痛症の私でも、できることがたくさんあるんだって、そう思えるようにいろんなことに挑戦していきたいんだ。
「そんな私をお父さんとお母さんには見守っていてほしい、応援してほしいの」
「蕾は、その男に惑わされてるんだよ」
　ずっと黙っていた要が口を開いた。
　その聞いたこともない冷たい声に、耳を疑う。
　感情のない瞳が、うつろに私を見つめていた。
「その額と唇の傷は、どうしたんだ」
　歩みよってきた要が私の顔を見て眉間にしわを寄せる。
　要の言葉で、両親の顔が青ざめた。
　私の傷は目を凝らさなければ、この暗闇の中では気づかないほど小さい。
　それくらい、たいしたものではなかった。
　ただ、痛みがわからない私は、骨折までいたるような怪我じゃないかとか、より注意深く怪我の度合いは観察しなければならない。
　けれど、子どもだって駆けずりまわって転べば膝にすり傷を負う。
　生身の身体で生きている限り、まったく怪我をしない人間なんていないだろう。
「これくらい、かすり傷だから。だいじょ……」
「蕾に、なにをしたんだ」
　要に問いつめられた夜斗くんは、不快な顔もせずに頭を

下げる。
「うちの親父に殴られて、怪我をさせた。本当に悪かった」
「それは……っ、私が勝手に首を突っ込んだの。だから夜斗くんは悪くない！」

慌てて弁明したけれど、夜斗くんは首を横に振る。
「これは俺が悪い」

そう言って何度も頭を下げた。

それを見ていた要は、ふんっと鼻で笑う。
「お前、蕾の身体のことをなにも知らないんだな」
「どういう意味だ」

いぶかしむように要を見た夜斗くんに、私は目を伏せる。

知らないのは当然だ。

私が言っていないんだから。
「蕾から信用されてない証拠だ。その程度の男のくせに、お前にとやかく言われる筋合いはない」

要は吐きすてるように言って、私の手首を掴む。

そして、夜斗くんから引きはなした。
「夜斗くん……っ」
「蕾、お前の隠してるものがなんだとしても、そばにいる。それだけは、これから先も変わらない」

そう断言した夜斗くんだったけど、悔しそうに拳を握っている。

私、夜斗くんを傷つけた。

誰よりも私のことを考えてくれた人なのに。

信用されてないって、きっと思ったよね。

でも、私は夜斗くんを信用してないんじゃない。
　自分自身を信じられないんだ。
　この体質も含めて、私を受けいれてくれるのかって、怖くてたまらない。
「私が、いつまでたっても弱虫なままだから……。ごめんね、ごめんね、夜斗くんっ」
「謝らなくていい」
　それでも笑ってくれるきみに、私はどうしたら応えられるんだろう。
「とにかく、病院に連れていきましょう」
　お母さんの言葉を合図に、要は私を引きずるようにして家のほうへ連れていく。
「車を出してくる」
　お父さんはそう言って慌てたように車庫に走っていった。
　お母さんの言葉のとおり、タクシーはすぐに来た。
　夜斗くんは切なげに私を見つめたまま、立ちつくしていて、申し訳なさに息が苦しくなる。
　少しして、私の前に車が停まった。
　お母さんに背を押されるようにして車に乗り込んだ私は……。走りだしても、その姿が見えなくなるまで夜斗くんから視線を外すことができなかった。

　病院に行くと、顔の怪我はたいしたことはなかった。
　念のためレントゲンも撮ったけど、異常なしだ。

「もうあいつと付き合うな」
　ベンチに座りながら病院のお会計を待っていると、お父さんに念を押される。
「そばにいたい人は自分で決めたい」
　私は、はっきり自分の気持ちを告げた。
　でも、お父さんには苦い顔をされてしまう。
「とにかく、もう外には出ないで」
　お財布を手に会計所から戻ってきたお母さんのひと言で、私の思いは理解してもらえなかったのだと気持ちが沈んだ。
　それからは、車の中でも無言だった。
　家に帰ってくると、もう部屋から出るなと言われてしまい私は床に座ってベッドに突っぷす。
　しばらくして、扉がノックされた。
　なにも答えずにいると、勝手に扉が開けられる。
　鍵、かけ忘れてたな。
　そんなことをぼんやりと考えて、顔を上げる。
　すると、我がもの顔で要が私の部屋に入ってきた。
「俺がずっとそばにいるから、あいつとなんかいるなよ」
「…………」
　要は私と話すより先に、両親に夜斗くんのことを告げ口した。
　要なら味方になってくれるって思ってたのに、どうして……。
　なにも信じられなくなった私は、またベッドに突っぷす。

「出ていって」
「蕾、答えだけでも聞かせてくれないか?」
　その要の声に胸の奥底から怒りが込みあげてくる。
「お願いだから……！　今は誰とも話したくないのっ」
　少しの沈黙のあと、扉の閉まる音がむなしく響いた。
　要はなにも言わずに、部屋を出ていったらしい。
　家族も幼なじみも大事にしたい。
　だけど、そうすると自由は手に入らないし、夜斗くんとも一緒にいられない。
　私はなにを選択すればいいの？
　なにをいちばん、守りたいんだろう。
　ぐるぐると答えのない問いに悩んでいると、スマートフォンが震えた。
「誰……？」
　のろのろとベッドの上に転がっているスマートフォンを手に取れば、親友からの電話だった。
　私は通話ボタンを押して、スマートフォンを耳にあてる。
「──透ちゃん？」
『ああ、蕾。今電話大丈夫？』
「うん大丈夫だよ」
　透ちゃんの声を聞いたら、少しだけ心が軽くなった。
　私は身体を起こして、ベッドに寄りかかる。
『水希から聞いた。校門前で要とやりあったんだって？』
「え、透ちゃん、水希くんと知り合いなの？」
　思いがけない名前が親友の口から飛びだして、私は驚き

の声をあげる。
『同じクラスだからな。それにしても……蕾があの不良と面識があったなんて驚いたぞ』
「ふ、不良？」
『榎本夜斗。うちの学校では近寄るな危険って有名だぞ。暴走族に入ってるとかなんとかって噂で聞いたな』

　まあ、族に入ってるのは間違いじゃないけど……。
「夜斗くんは、優しい人だよ。危険どころか、守ってくれる」
『そっか……なら安心だな』

　透ちゃんだけは、夜斗くんに近づくなと言わなかった。

　私のすることを認めてくれた。

　それだけで、私は初めて息ができた気がした。
『あいつ、世界を白けて見てる感じだったのに、蕾が信頼するくらい、いろいろ世話してくれてるんだな』

　あいつって、話の流れからするに夜斗くんのことだよね？

　学校での夜斗くんの姿は見たことないから、わからないけど……。

　少なくとも私の知る夜斗くんは、誰かのために危険もかえりみないほど熱い人だ。
「うん、夜斗くんは私を自由にするために一生懸命になってくれた人なの。責められるってわかってて、外に連れだしてくれるし、身体だけじゃなくて心も守ってくれる」

　話を聞いていた透ちゃんは、『ふうん』と感心したように声をもらす。

『あいつでも、そんなふうになにかに対して必死になったりするんだな』
「私の知る夜斗くんは、そんな人だよ」
　大切で、特別で、大好きな人。
　そこまで考えて、ハッとする。
　そっか、私にとってきみは──大好きな人なんだ。
　親友や家族や幼なじみに向けるものとは違う。
　もっともっと特別な想いを抱く人。
『蕾はさ、いつも自分より人を優先させるだろ？』
「え？」
　唐突に切りだされた話に、私は電話越しに首を傾げる。
『あたしをかばって怪我したとき、蕾は優しいから、みんなを悲しませたって自分を責めたと思う。その罪悪感が蕾から意思を奪ったんだって、あたしにはわかる』
「透ちゃん……」
　私だけでなく、きっと透ちゃんも罪悪感に苦しんでた。
　胸に消えない痛みを抱えながら、私のために剣道部にまで入って、強くなろうとしてくれてた。
『あたしは蕾に、人のことを抜きにして、自分の気持ちに素直に生きてほしいって思ってる。蕾が自分の人生を罪滅ぼしのために使ってるのを見てると、つらい』
　そんなふうに、考えてくれてたんだ。
　透ちゃんの言うとおり、もし自分の気持ちに素直になるとしたら……。
　私は、夜斗くんと一緒にいたい。

もっと外の世界に出て、透ちゃんや水希くんとも遊びたい。
　それで願わくは、そんな私を要や両親にも受けいれてほしい。
『誰がなにを言っても、あたしは蕾の望むことを叶える。だから、困ったときは頼ってくれよな』
「うん、ありがとう。もっと自分の気持ちと向きあってみるよ。それで必要なそのときは、力を借りてもいいかな」
　そう言うと、透ちゃんは『もちろん』と即答してくれた。
　電話を切ると、私はスマートフォンを胸に抱きしめる。
「透ちゃん、ありがとう」
　私がしたいことを考えないと。
　さっきまで後ろ向きだった気持ちが、少しだけ前を向いていた。
　夜斗くんはあのあと、大丈夫だったかな。
　傷ついたりしてないかな。
　心配になっていると、バルコニーに人影が見えた。
　もしかして……。
　立ちあがって薄いレースのカーテンをめくり、外に出る。
　少しだけ欠けた月の下に佇んでいたのは——。
「夜斗、くん……？」
　夜の闇の中で、ひときわ大きく輝く星。
　そう、まるで一番星のような煌めきを放つきみがいる。
「身体は大丈夫なのか？」
　こちらを見て心配そうな顔をした彼に、私はよろよろと

近づいた。
「夜斗くんこそ、大丈夫？」
　私のせいで、両親にも要にもひどいことを言われていた。
　それだけじゃない。
　私がなにも話さなかったことに対して、胸を痛めたはず。
「俺は、お前がなにを隠していてもかまわない。ただ守るだけだって、そう思ってた」
　バルコニーの中心で向きあうように夜斗くんと立つ。
　夜風が優しく、私たちの髪をなでた。
「でも、なにも知らないことでお前を守れないなら、話は別だ。俺はお前の心も守りたい。だから、なにかあるなら話してくれないか」
　真剣な眼差し。
　覚悟を決めたまっすぐな声音。
　きみのすべてが私を守ると言ってくれているようで、自然と迷いは消えさった。
「……私、先天性の無痛症なの」
「それは、なんだ」
「名前のとおり、刺されても骨折しても痛くない。熱いや冷たいもわからないから、火傷も凍傷も気づけないんだ」
　そう打ちあけたら、夜斗くんは言葉が見つからないといった様子で、わずかに視線を彷徨わせた。
　聞いたことない病名だからろう。
　私だって、自分がそう診断されるまでは一度も耳にしたことがなかった。

「中学生のとき、親友が変質者に刺されそうになったのをかばったことがあってね。私はナイフで刺されて血だらけだったけど、全然平気で……。でも、痛みは感じなくても私の身体が傷ついているのには変わりないんだよね」

　私は今も消えない腹部の傷痕に触れて、自嘲的に笑う。
「だからお父さんもお母さんも要も、私をいっそう過保護に守ろうとした。これが……私の秘密」
「どうして、隠してたんだ」
「みんな、できるだけ安全な所にいてほしいって、私を閉じこめたから……。夜斗くんも私の体質を知ったら、外に出るなって言うかもしれない。もう二度と会いに来てくれないかもしれないって、怖くなったの」

　隠していた理由を話した私は、ゆっくりと夜斗くんに頭を下げる。
「夜斗くんを信じてないわけじゃないんだ。ただ、私が勝手に怖がってただけだから、本当にごめんね……」

　謝ると、夜斗くんは首を横に振って、私に一歩近づいた。
「お前はどうしたい」
「——え？」

　唐突な質問に、私は目を瞬かせる。
　そんな私に、きみはもう一度問いかけてくる。
「これから、どうしたい」
「私、は……」

　私は、自由になりたい。
　その気持ちは変わらない。

「無痛症はずっと付き合っていかなきゃいけない病気だから、それを恐れていたら一生ここに閉じこめられることになる。だから、私は自由になりたい」

　はっきりと、自分の気持ちが見えた。

　それを満足げな顔で聞いていた夜斗くんは、その場で片膝を折る。

「俺が必ずここからだしてやる」

　夜斗くんは、まるで童話の王子様がお姫様に求婚するみたいに、私の手をすくうようにとった。

「お前が俺にしてくれたように、お前の言葉が大切な人たちの心に届くように、なんとかしてやるから」

　誓うように、甲に口づけられた。

　ずっと、心細かった。

　きみと離れてから、誰もが私から自由を奪おうとして。

　味方なんて、どこにもいないって思ってた。

　だけど、透ちゃんが電話をくれて。

　きみが会いに来てくれて……。

　私はひとりで闘ってるわけじゃないんだって、心強かった。

「……っ、ありがとう」

　私は腰を落としている夜斗くんの首に抱きついて、そのまましゃがみこむ。

「ありがとうっ、あの夜……私に会いに来てくれてっ」

　ポタポタと涙がこぼれおちて、夜斗くんの肩を濡らす。

　そんな私の頭を夜斗くんがなでてくれた。

「俺がずっと蕾を見てる。傷ついたときは、いちばんに気づけるように見守る」
「夜斗くん、それって……」
「告白だ」
「っ……告、白？」
　心臓がトクンッとひときわ大きく跳ねた。
　熱を感じないはずの身体なのに、きみに対してだけは違うみたい。
　これまでも、今も、全身にきみへの想いの熱が駆けめぐってる。
「――蕾が好きだ」
　誠実な告白に胸がいっぱいになった私は、なにか言わなくちゃと口を開くけど、言葉にならない。
　うれしくて、信じられなくてとまどって、とにかく混乱していた。
「答えは、今じゃなくていい」
「でも……」
「すべて解決したら、聞かせてくれ」
　そう言って、夜斗くんのは私の額に口づけた。
　夜斗くんには意外と、ロマンチックな一面があるらしい。
「絶対にお前を自由にしてやる。だから信じて待ってろ」
　迷いなく言いきって、夜斗くんは立ちあがった。
　それから、私に背を向ける。
「もう帰るの？」
　がっかりしてしまったのが、声に出ていたんだろう。

夜斗くんは振り返って、困ったように笑った。
「今日はいろいろあって疲れたろ。ちゃんと眠れ」
　完全に子ども扱いだったけど、それが心地いい。
　きみには、なぜか甘えたくなってしまう。
「じゃあ、もう一度だけ。ここに触れて……ください」
　額を指差せば、夜斗くんは仕方ないなと言いたげに小さく笑って、私の所へ戻ってくる。
「おやすみ、蕾」
　そんな囁きとともに、額にキスをくれる夜斗くん。
　私が唯一感じることができる夜斗くんの体温に身をゆだねていると、自然に気持ちが前を向く。
　待っているだけではダメだ。
　自分にできることをしないと。
　明日もう一度、お父さんやお母さん、要に自由にさせてほしいと話そう。
　きみと一緒に、生きていくために――。

○Episode10○　不透明な悪意

【蕾side】
　翌日、制服に着替えた私はリビングにやってきた。
　お父さんとお母さんは私の姿を見て、眉間にしわを寄せる。
「学校には行かせないぞ」
　お父さんの口から出た言葉は、予想済みだ。
　私はうろたえることなく、はっきりと告げる。
「私、学校に行くから」
「ダメよ、早く制服なんて脱ぎなさい」
　私の制服に手をかけようとしたお母さんからあとずさって、私は玄関に向かって走る。
「蕾！」
　お父さんが追いかけてきたけれど、ローファーを履いて扉を開けた。
　——その先に、透ちゃんと水希くん。
　そして、夜斗くんが立っていた。
「みんな、どうして……」
　驚いて一瞬、動きを止めてしまう。
　すると、両親が追いついてきた。
「お前たち、また蕾を惑わそうとしてるんだな」
　お父さんは狂気じみた目で、夜斗くんたちの顔を見る。
　昨日の一件で、両親の精神は正常じゃなくなっていた。

「蕾さんのことは、俺たちで守ります。だから、蕾さんを自由にしてやってください」
　夜斗くんは負けじと頭を下げて両親を説得してくれた。
　でも、両親は顔をまっ赤にして憤慨する。
「怪我をさせておいて、ふざけるな！　蕾はもう二度と外にはださん！」
　お父さんは怒鳴りながら、私に手を伸ばした。
　すると、間一髪のところで透ちゃんが私の手を引く。
「あたしが説明しとくから、夜斗と水希は蕾を連れてけ」
　透ちゃんは、私を守るように前に立った。
「透ちゃん！」
　今のお父さんとお母さんは、なにをするかわからない。
　学校にも行かせないなんて、おかしなことを言ってるんだよ？
　ここにひとり置いていくなんて、できない。
「いいから、あたしにも蕾を守らせて」
「でも……」
　食いさがれずにいると、私の肩に水希くんが手を置く。
「大丈夫。透ちゃんなら、うまく立ちまわるよ」
「水希くん……」
「透ちゃんの気持ちを無駄にしないで」
　その言葉に、私はしぶしぶうなずいた。
　私が透ちゃんを守りたいと思ったように、彼女もまた同じ気持ちなのかもしれない。
　だとしたら、ありがとうって言われたほうがうれしいは

ずだから……。
「透ちゃん、ありがとう」
「おう、任せとけ」
　女の子なのに、きみはいつも頼もしかった。
　そんなかっこいい透ちゃんが大好きだよ。
　心の中で何度もお礼を伝えて、夜斗くんに手を引かれるままにその場から駆けだす。
　その途中で、私たちはさらなる壁に突きあたった。
「どうして、俺がいるだけじゃダメなんだ」
　そこにいたのは、要だ。
　表情を曇らせ、恨みさえこもったような目で私を見てくる幼なじみに胸がチクリと痛む。
「要、私にとって要も透ちゃんも水希くんも……。それから夜斗くんも、みんな大事な存在なんだよ」
「蕾には、俺だけで十分だろう？」
「みんな、私にとって大事な人なの。ねえ要、どうしてわかってくれないの？」
　どうしたって、意見がぶつかる。
　要の考えていることがわからない。
「要にだって、私以外にも大事な人がいるはずだよ！」
「俺には……蕾だけだ。なのに、蕾にとって俺はみんなとひとくくりなのか？　ずっとそばにいたのに……！」
　激高した要が、私にズカズカと近づいてくる。
　その手が乱暴に私の肩を掴もうとしたとき、隣にいた水希くんが要を突きとばした。

「本人の気持ちをないがしろにして、自分の気持ちを押しつけるなんて、ただのストーカーだよ」

水希くんに容赦ないひと言を浴びせられた要は、唇を噛む。

「僕、透ちゃんを目の敵にするきみにムカついてたんだよね。だから、きみの相手は僕がしてあげる」

いつもの眠そうな水希くんは、そこにはいなかった。

しっかり目を開いて、要の前に立ちふさがってる。

さっきの『透ちゃんの気持ちを無駄にしないで』って言葉も、今の言葉も……。

まるで、大切な人に向ける言葉だ。

それでわかった。

水希くんにとって、透ちゃんは守りたい女の子なんだと。

「行くぞ、蕾」

夜斗くんが私の手を掴んで走りだした。

「蕾！」

要に呼び止められたけど、私は水希くんを信じて振り返らない。

要、ごめんね。

水希くん、ありがとう。

いろんな感情がないまぜになるけれど、私は足を動かす。

ただ、この手の温もりだけを信じて。

校門の前でにやってくると、私は膝に手をついて息を整えた。

夜斗くんはというと、あれだけ走ったのに平然と前髪をかきあげている。
　私はなんとか呼吸を整えると、落ちついたからか、残してきた仲間たちのことが気になった。
　みんな、大丈夫かな……。
「今は自分のことだけ考えろ。親の気持ちを汲みたい気持ちはわかるが、多少強引でも行動で本気を示したほうがいい」
　私の不安を先回りして、そう声をかけてくれる夜斗くんに、私は「うん」と答えたものの……。
　どうしても、両親や要の気持ちを踏みにじったことが引っかかる。
　そんな私の心を夜斗くんは見透かしていた。
「お前が優しいから、親も要もどんどんお前から自由を奪おうとする。優しさは使い方を間違えると、人間をダメにもすんだよ」
　痛いほどの正論だ。
　私はきっと、優しさの使い方を間違えてた。
　相手の不安をなくそうと、なんでも許してきてしまったから、みんな狂っていったんだ。
　麻薬みたいに、みんな安心したくて私から自由を奪う。
　大切だからと言いながら、本当は自分の不安を和らげたかっただけ。
　それを私も気づいていたはずなのに、見て見ぬフリをした。

「親や要が、自分の娘や幼なじみから自由を奪って安心するような人間になってもいいのか」

夜斗くんの問いに、私は首を横に振って答える。

「それは嫌」

「なら、お前が大切なやつらをもとに戻してやれ」

「うん、それが私のやらなきゃいけないことだもんね」

夜斗くんの言葉に、私は胸をしゃんと張る。

「まずは、学校だ。お前が望む世界を取り返せ」

ポンッと背中を押されて、私はその勢いで駆けだす。

誰に強要されるわけでもなく、自分の意思で職員室へ向かった。

担任の先生を呼んでもらうと、私はずっと胸の中にくすぶっていた意思を伝える。

「私、クラスで授業を受けたいです」

そう口にすれば、中年の男性である先生は面倒そうに顔をしかめる。

「両親に許可はとったのか？」

たぶん、クレームの心配をしてるんだろう。

でも、そんなの関係ない。

私は私のしたいようにする。

自由を自分の手で掴もうとする、夜斗くんみたいに強くなりたいから。

「私が望んで、教室で授業を受けたいって言ってるんです。そこに両親の意思は関係ありません！」

先生の許可が得られないなら、それでもいい。

勝手に教室で授業を受けるまでだ。
どっからそんな勇気がわいてくるのか、私は先生に「では、失礼します」と言って教室のほうへ歩きだした。
「ひ、広瀬？」
先生のとまどう声が聞こえたけれど、もうかまうもんかと無視をする。
教室前にやってくると、さすがに緊張した。
だって、入学してから一度だって顔をだしていないんだから。
でも、友だちと過ごす学校生活をあきらめたくない。
それが、私の答えだ。
そう意気込んで、開いていた扉から中に入る。
すると、視線がいっせいに私に集まった。
私は思いきって、近くにいた女の子に話しかける。
「私、広瀬蕾と言います。私の席ってどこですか？」
そう聞くと、ハッとした様子で女の子が手を叩く。
「広瀬さん！」
「体調が悪いって聞いてたけど、大丈夫なの？」
話しかけていないクラスの子たちまで、わらわらと私の周りに集まってくる。
「こっちだよ、私の隣が広瀬さんの席なんだ」
私を案内してくれた女の子に「ありがとう」と返して席に着くと、みんなに囲まれた。
「先生は体調が悪いからって言ってたけど、ずっと休学してたの？」

声をかけてきてくれた女の子に、私は首を横に振る。
「ううん、保健室で課題を受けてたの」
「そっか、出席日数あるしね」
「うん、でもこれからは教室で授業を受けるんだ」
　笑ってそう言うと、みんなはパッと表情を輝かせる。
「お昼ごはん、一緒に食べようよ」
「移動教室も一緒に行こう」
　のけ者にすることなく、クラスメイトたちは私を仲間に入れてくれた。
　こうして人に囲まれて、賑やかな声に包まれていると、自分の世界がいかに狭かったのかを思いしる。
　もっと早く、あの保健室を飛びだしていればよかった。
　そう思うくらい、みんなと過ごす学校が楽しくて……。
　私は今日、自由のひとつを取りもどせた気がした。

　放課後、私はお母さんのお迎えを無視することに決めていた。
　夜斗くんは今日、バイトが入っているらしく。
【夜斗：家まで透と水希に送らせる】
　そうスマートフォンに、メッセージが届いていた。
　心配性だな、ひとりでも帰れるのに。
　苦笑いしながら校門へ行くと、すでに透ちゃんと水希くんが待っていた。
「お待たせしました」
　ペコリと頭を下げると、透ちゃんが私の頭をポンッとな

でる。
「あたしらも今、来たところだよ」
「そうだったんだ」
　よかった、とほっとしかけたとき、水希くんはのっそりと首を横にひねった。
「えー？　結構前から待ってたよね。　ホームルームが終わってすぐに、教室から猛ダッシュさせられたし」
「水希……」
　透ちゃんは水希くんの肩をむんずと掴む。
　そして、女の子らしからぬヘッドロックを水希くんにお見舞いしていた。
「ぐえっ、苦しい」
「なんであんたは、なんでもかんでも言っちゃうかな？　その口、縫うぞっ」
「やだよー、痛いもん」
　ガヤガヤ言いながら、3人でなんとなく歩き出す。
　その賑やかさに、私は耳をそばだてる。
　音楽を聴くより、人のざわめきが心地いい。
「ふふっ」
　つい笑みをこぼすと、前を歩いていたふたりが私を振り返った。
　ふたりはなんで笑ってるの？と言いたげな顔をしているので、私は肩を竦めながら説明する。
「ずっと学校と家を往復するだけだったから、友だちと一緒に帰るのが新鮮で……。ふたりの賑やかな声につられて、

私まで楽しくなってきちゃったんだ」
　ここに夜斗くんもいてくれたらな、と思う。
　そこでひらめいた。
「あの、夜斗くんのバイト先を知りませんか？」
　私から会いにいったらいいんだ。
　夜斗くんの顔を見たら、邪魔をしないようにすぐに帰る。
　だから、ひと目だけでも夜斗くんの姿を見たい。
「バー？　知ってるけど……行く気？」
　水希くんが目をぱちくりさせた。
「はい！」
　張りきって返事をすると、透ちゃんがものすごい形相で私に顔を近づける。
「あのなあ、バーは未成年者立ち入り禁止！　それに蕾が変な男に絡まれたら、どうするんだよ」
　断固拒否！とまで付けくわえられてしまった。
　親友の許可がおりなくて、どうしたものかと困りはてていると……。
「その心配はないと思うよ」
　水希くんがきっぱりそう言った。
「どういう意味だよ」
　意味がわからないという顔をする透ちゃん。
　水希くんはそんなの簡単なことだよ、と言わんばかりに人差し指を立ててひと言。
「蕾ちゃんに近づく輩は、夜斗に消されると思う」
「ああ、なるほどな」

なぜか納得している透ちゃんに、私は「どういうこと!?」と心の中でツッコんだ。
　よくわからないまま、私は水希くんの案内で夜斗くんの働いているというバーに行く。
　夕方4時、開店前なのか扉には【Closed】の看板がかけられていた。
「ノックでもする？」
　そう言った水希くんだったが、目の前の扉が開く。
　そこから出てきたのは、お酒が入っていたのだろう大きな箱を手にした夜斗くんだった。
　黒いスーツのようなバーテンの制服を身に着けた夜斗くんは、大人っぽい。
　しばし目を奪われていると、夜斗くんが私に気づく。
「ちょっと待て。なんで蕾がここにいんだよ」
　夜斗くんは眉をひそめて、説明を求めるように水希くんを見た。
「蕾ちゃんが会いたがってたから」
　正直に答える水希くんに、夜斗くんはとがめるような視線を向ける。
「だからって、蕾をここに連れてくるのは危険だ。酔っぱらいがウヨウヨいるんだぞ」
　どうしよう。
　私のせいで、水希くんが怒られちゃった。
「ご、ごめんね。私が夜斗くんに会いたいって、お願いしたから……。少しでもいいから、顔が見たかったの」

素直に謝って、頭を下げる。
　返事はいっこうになくて、冷や汗が止まらなかった。
　いよいよ沈黙に耐えられなくなって、私は顔を上げる。
　夜斗くんの顔を見ると、目を疑うくらい赤かった。
「……そういう恥ずかしいセリフをよく言えるな」
　くるりと背を向けて、お店の脇に歩いていってしまう夜斗くん。
　そのあとを追いかけると、ゴミ箱の横に箱を積んでいた。
「来い」
　夜斗くんはぶっきらぼうにそう言うと、私たちを裏口からお店に入れてくれる。
「遅かったな、夜斗。お前なにして……ええっ」
　私たちの姿に気づいた総長さんが、危うくふいていたグラスを落としそうになっていた。
「お邪魔してます」
　お辞儀をすると、総長さんが慌てたように私たちの所へやってくる。
「制服でバーに来るって、いろいろまずいだろ！　ともかく、裏に入んな」
　私たちは総長さんに控え室のような場所に案内される。
　そこには、蝶ネクタイを直している60代くらいの白髪のバーテンダーさんがいた。
「おや、お客さんかな？」
「マスター、すんません。俺の知り合いで……」
　夜斗くんが頭を下げると、マスターと呼ばれた男性は

にっこりと笑った。
「かまわんよ、ゆっくりしていきなさい」
「補導されないようにな」
　総長さんはそう付けくわえると、マスターと一緒にカウンターに戻っていく。
「マスターは、いい人なんだね」
　思わず呟くと、夜斗くんの表情が和らぐ。
「ああ、俺が未成年でも黙って雇ってくれてるしな」
「夜斗くんが夜斗くんだから、周りにいる人も優しい人ばっかりなんだね」
「どういう意味だ」
「優しい人の周りには、優しい人が集まるんだよ」
　きっぱりそう言いきれば、夜斗くんは片手で顔を覆って俯いた。
　そんな夜斗くんを見た水希くんと透ちゃんは、なぜかニヤニヤしている。
「好きな女の子からあんな熱烈なこと言われたら、即死するよね、透ちゃん」
「あたしに聞かれても困るけど、夜斗はタジタジみたいだな」
　ヒソヒソ話しているふたりに、夜斗くんはひと睨み効かせると、カウンターのほうへ歩いていく。
「おとなしくしてろよ」
　それだけ言いのこして、控え室を出ていってしまった。
「これからどうする？」

コテンッと首を横にかたむける水希くん。
　　部屋には私たち３人だけになり、とりあえず近くにあったソファーに座らせてもらうことにした。
「時間があるなら、夜斗のバイト終わるまで待つか？」
　　確認するようにこちらを見る透ちゃんに、私はうなずく。
「できれば、待ってたいな」
「今日は９時上がりだって言ってたよ。３時間、トランプでもして待ってようよ」
　　スクールバッグからトランプを取りだす水希くんに、透ちゃんは口をあんぐりと開ける。
「水希、学校になにしに来てるんだよ」
「まあまあ」
　　なだめるようにトランプを配りはじめる水希くん。
　　私と透ちゃんは流されるような形でババ抜きを始める。
　　しばらくして、完敗してしまった私。
　　敗因はババを引いたときに、顔に出てしまうことだった。
　　トホホとため息を吐きつつ、夜斗くんのことが気になった私は、こっそりカウンターをのぞく。
「かっこいいバーテンさん、トムコリンズで」
「かしこまりました」
　　そこには照明に煌めくシェイカーを上下に振る、夜斗くんの姿があった。
　　スマートな所作(しょさ)でレモンを飾ったグラス。
　　そこに注がれた透明なお酒。
「お待たせしました。トムコリンズです」

スッとカウンター席に座る美人なお客さんにお酒を提供する夜斗くんは、どこからどう見ても完璧なバーテンダーだった。

かっこいいなあ……。

見とれていると、夜斗くんがこっちに気づく。

「あっ」

——盗み見してるのバレた！

あわあわしていると、夜斗くんは口パクで『いい子にしてろ』と言う。

もう、子ども扱いして……。

ムッとしながら控え室に戻ると、私は気を紛らわすように水希くんたちとトランプを再開した。

夜斗くんのバイトが終わると、私たちはバーを出た。

総長さんは日付が変わるまで働くらしく、水希くんと透ちゃん、夜斗くんと私の4人で先に帰路につく。

「蕾」

バーテンダーの制服から学校の制服に着替えた夜斗くんは、顔色をうかがうように声をかけてきた。

さっき子ども扱いされたことを根にもっていた私は、夜斗くんのほうを見ずに答える。

「はい、なんでしょう」

「怒ってるな」

「……そんなことありません」

怒ってるんじゃない。

夜斗くんが急に大人びて見えて、置いていかれそうで寂しかったんだ。
　それに、いつもあんなきれいなお客さんを相手してるんだと思ったら、不安になってイライラしちゃって……。
　胸の中がモヤモヤしてる。
　いけないってわかってても、夜斗くんに嫌な態度をとってしまう。
「あー……夜斗はいつも、もっと長い時間働くのか？」
　水希くんの隣を歩いていた透ちゃんが、明らかに気を遣って尋ねる。
「ああ。けど、今日は親父と一緒に飯を食おうかと思って」
「あ……」
　夜斗くん、お父さんとうまくいってるんだ。
　それに胸をなでおろして、私は口もとをゆるませる。
「笑ったな」
　目ざとい夜斗くんは、私の顔をのぞきこんでふっと笑った。
　私は観念して、コクリとうなずく。
「うん、笑っちゃった。さっきは感じ悪くてごめんね」
「それはかまわねえけど……。俺は、なにに怒ってたのかを知りたい」
　真剣な表情で改まって聞かれると、かなり恥ずかしい。でも、話すまで逃がしてくれなそうだったので、白状する。
「バーテンダーの夜斗くん、すごくカッコよくて……」
「……は？」

寝耳に水、夜斗くんはまさにそんな表情だった。
私はどんどん俯いて、赤面してるだろう顔を隠す。
「お客さんは美人なお姉さんが多いし、夜斗くんは私のことを子ども扱いするし、なんかこう……焦っちゃって」
恥ずかしい。
水希くんも透ちゃんも聞いてるのに、これじゃあ公開処刑だ。
「蕾ちゃんの悩みってかわいいよね」
「いいから、あたしらは少し離れるよ」
そう言って、透ちゃんはまたもや水希くんにヘッドロックをかましながら下がっていく。
「蕾、こっち向け」
静かな声音なのに、強制力のあるひと言。
私は抗えずに、夜斗くんを見上げる。
「俺はお前に対して子ども扱いなんて、してねえよ」
骨ばった大きな手が伸びてきて、頬を包んだ。
「でも、女の子扱いもしてないよね?」
いじけるように唇を突きだせば、夜斗くんは「ぐっ」となにかに耐えるようにうめく。
「大切だから、襲わねえだけだ」
「——お、おそっ!?」
襲うって、そういうことだよね?
夜斗くんと私が、そういう関係に……。
想像しただけで、顔からボンッと湯気が出そうになる。
「それに、俺はお前からまだ答えをもらってない。返事を

急かすつもりはねえけど、そういう女扱いは俺がお前に触れる資格がもらえたらにするつもりだった」
　夜斗くんって、真面目なんだな。
　私のことを本当に大事に思ってくれてるんだ。
　それがわかって、私はふふっと笑う。
「機嫌は直ったか」
　ほっと息を吐く夜斗くんに、私はうなずく。
「うん」
　私が告白を受けたら、私たちの関係はどう変わるんだろう。
　恋人らしいこととか、するのかな……って！
　思い返せば、付き合ってないのに夜斗くんにキスされた気がする。
「ほら、手の甲とか額にされたよね？　夜斗くん、私にちょくちょく触れてる気が……ふぐっ」
　ぶつぶつと呟いていると、夜斗くんは私の口を片手で塞いだ。
　驚いて目を丸くすると、夜斗くんの顔は赤い。
　そこでハッとした。
　もしかして、声に出してた？
　その答えは、彼の顔が物語っている。
　ダラダラと汗が背中を流れた。
「あれは……我慢ができなかった。悪い」
　目線をそらしている夜斗くんに、私はぶんぶんと頭を横に振る。

「わ、私もうれしかったから、謝らないでっ」
「うれしかったって、お前な」
「あ、今のは違っ……くはないけど!」

　慌てるほど口は滑って、墓穴を掘る。

　最終的に夜斗くんは「もう口を閉じてろ」と疲れたようにうなだれた。

「仲直りしたみたいでよかったよー」

　工事現場の横を通りかかったところで、後ろから聞こえた声に足を止める。

　振り返ると、少し離れた所から手を振る水希くんと透ちゃんがいた。

　気を遣わせちゃったみたいだな。

　ふたりが来るのを待っていると、突然、夜斗くんが私に覆いかぶさる。

「蕾！」
「えっ」

　切羽つまった様子で、夜斗くんに名前を呼ばれた。

　後ろに倒れていく私の身体。

　彼の背に、積まれていただろう木材が崩れてくるのが見えた。

　地面にぶつかる瞬間に深く抱きこまれると、ガラガラと嫌な音が耳に届く。

「ぐっ……」

　私を抱きしめている夜斗くんの苦痛交じりの声に、心臓がドクンッと跳ねた。

「ふたりとも、大丈夫か！」
　駆けよってきた透ちゃんと水希くんが、私たちの上に乗っている木材をどかしてくれる。
「怪我はないか」
　身体を起こすと、夜斗くんはまっ先に私の心配をする。
　私は血の気が引く思いで、夜斗くんの身体をペタペタとさわった。
「それは私のセリフだよ！　どこか怪我してない？」
　肩にさわったとき、夜斗くんは顔をしかめる。
　私をかばったせいで、肩を負傷してしまったみたいだ。
「夜斗くん、肩見せて」
「ああ」
　許可をもらってワイシャツをはだけさせると、肩は赤く腫れていた。
「あたし、そこの薬局で手当てに使えそうなもの買ってくる！」
　透ちゃんが走っていき、水希くんは崩れてきた木材を呆然と見つめていた。
　しばらくして、レジ袋を手に戻ってきた透ちゃんから湿布を受け取る。
「ごめんね。怪我したのが私なら、よかったのに……」
　湿布を夜斗くんの肩に貼りながらそう言うと、軽く頭をこづかれた。
「好きな女に、かばわれてたまるか」
　──好きな女。

夜斗くんは、躊躇せずにはっきり言葉にしてくれるから、胸がむずがゆくなる。
　"私のせいで"という罪悪感が、きみへのときめきに薄らいでいく。
「痛みは感じなくても、怪我は負う。お前は人よりそういう危険に敏感になれ」
　こんなときまで諭してくる夜斗くんに、私は泣きそうになりながら抱きついた。
「うん、守ってくれてありがとう」
「当然だ」
　夜斗くんの手が腰に回ると、強く引きよせてくれた。
「ねえ、これ……。紐が切れてる」
　木材が留められていたらしい紐を手にした水希くんが、眉を寄せながらそう言った。
　その紐の先は劣化して千切れたというより、ハサミなどで切られたようなきれいな切り口だった。
「なんだよ、人為的なものってことか？　まさか夜斗、族関係でうらまれるようなことしたんじゃないだろうな」
　心配そうに透ちゃんが夜斗くんへ視線を向ける。
　私に手当てされながら、ふたりの話を聞いていた夜斗くんは、ふうっと息を吐いた。
「そっち関係じゃねえけど、心当たりはある」
　そう言って、なぜか意味深に私を見る。
「なるほどね」
　水希くんもなにかを察したようだったけど、それっきり

なにも語らなかった。
　意味がわからなくて、私はみんなに問う。
「どういうこと？」
「蕾、大丈夫だ。ただの事故だって」
　透ちゃんは私を安心させるように笑う。
　それならいいんだけど……。
　胸騒ぎは消えないまま、みんなで私の家に行く。
　すると案の定、心配した両親が家の外で待っていた。
「修羅場の予感」
「水希、この状況でよくそんなことを言えるな」
　遠目に両親の姿を捉えながら、透ちゃんは呆れる。
　わかってる。
　私が自由を手に入れるためには、これから先も何度でも、お父さんとお母さんとはぶつからないといけない。
　だから私は、ここまで送ってくれたみんなを振り返って、迷いなく言う。
「みんなは、ここまででいいよ。もう、負けないから」
「蕾、でも……」
　心配そうな透ちゃんとは対象的に、夜斗くんは首を縦に振った。
「大丈夫だ。お前は過保護に守られなきゃならねえほど、弱くない。芯の強い女だ」
　うれしい。
　私は夜斗くんみたいに、強くなりたかったから。
　私を守ろうと、必要以上に閉じこめる人たちとは違う。

「行ってきます」
　笑顔ではっきり宣言をして、私はひとりで家へと向かう。
「こんな時間まで、どこへ行ってたんだ！」
　門の前まで来ると、お父さんに怒られた。
　けれど、私は凛と前を向いて、その横を通りすぎる。
「私、これからはクラスで授業を受ける。というか、もう受けてきた。これは私が無痛症と生きていく覚悟だから」
　まくしたてるように思いを伝えて、私は扉に手をかける。
「待って、私たちは納得してな——」
　お母さんの言葉を聞かなかったことにして、私は家の中に入った。
　両親を無視したのは、きっと生まれて初めてだ。
　だけど、ここまでしないともうダメなんだ。
　お父さんとお母さんがもう守らなくても大丈夫だって思ってくれるように、私は強くならなくちゃいけないから。

○Episode11○　その身も心も守るから

【夜斗·side】
　蕾が家に入るのを見送った俺は、水希と透に背を向ける。
「おい、どこに行くんだよ」
　不思議そうな透の声に、どう説明するべきかと考えていると、助け舟が入る。
「僕たちは、おとなしく帰ろうね」
　水希は普段ぼーっとしているが、ここぞというときに察しがいい。
「なんでだよ」
　引きさがらない透を、「いいから」と言って、引き止めてくれる。
「気をつけてね、夜斗」
　水希はきっと気づいてる。
　俺がこれから、なにをしようとしているのかを。
　かなわないなと思いながら片手を挙げて、俺は歩きだす。
　行き先は蕾の隣の家だった。
　振り向くと、水希は透を引きずるようにして角を曲がり、姿を消す。
　まだ、ふたりに話すときじゃない。
　なにせ、相手の目的もわからない。
　事情を知れば、逆に証拠を隠滅しようとして、俺たちを消しかけてくるかもしれないからな。

まずは本当にあいつがこの不自然なほど俺たちの周りで起こる事故に関わっているのか、たしかめる。
　そう思ってインターフォンを押そうとしたとき、目の前の扉が開く。
　そこから出てきたのは要だった。
「見計らったみてえな、タイミングだな」
　そう声をかけると、要は片方の口角を吊りあげた。
　蕾の前では絶対に見せない、悪意のこもった笑みだ。
「その意味を図りかねるよ」
「しらじらしいな」
「なにが言いたいんだ？　はっきりしてくれ」
　俺がなにを言おうとしているのか、こいつはわかってる。
　なのに、あえて問うあたりが意地悪い。
　蕾が信じてるやつだから、俺も信じたかった。
　でも、嫌でもこいつの悪事が目につく。
　事の発端は、蕾と俺の小学校に行った日だ。
　その帰りに蕾は背中を誰かに押されて、道路のほうへ倒れこんだ。
　危うく事故に遭うところだった。
　決めては今日、木材を留めていた紐が人為的に断ちきられていたこと。
　これまでの蕾を束縛するような発言といい、自然と頭の中で犯人の姿が浮かんだ。
「お前が蕾を狙ってるのか？」
「なんのことだ」

「なら、聞き方を変える。どうして蕾を狙う。お前にとっても、大事な女なんじゃねえのかよ」

　これは賭けだ。

　あえて断言して、相手の反応を見る。

　だが、要は薄ら笑いを浮かべたまま表情を崩さない。

　本当に思いあたる節がないのか、それともまったく罪悪感がないのか……。

　様子を観察していると、要は嘆くようにため息を吐く。
「きみのせいで、彼女はおかしくなった」
「なんだと？」
「外の世界には悪意と危険しかないっていうのに、自由を求めるようになった」
「だから閉じこめるのか？　まるで鳥籠と同じだな」

　たしかに危険はあるのかもしれない。

　現に蕾は、変質者の悪意に傷つけられた。

　でも、それでも……。

　人はこの苦しみにあふれる世界で、生きていかなきゃならない。

　その中でできるだけ幸せになろうと、一生懸命にならなきゃならない。

　なぜって、俺たちはこの世界に生まれたのだから。
「無理に飛ばなくていい。期待して降りたった世界は、彼女を傷つけるだけの恐ろしい世界なんだから」

　それはやはり、中学生のときに変質者に彼女が襲われたことを言っているんだろうか。

それとも、彼女を誰かにとられてしまうことに恐れを感じているのか。
　それを彼女を守るため、という理由にすりかえて、自分を正当化している。
　やっぱり……後者だな。
　こいつはどこか、自分に言いきかせている。
「蕾はお前みたいに、すべてを悲観してはなかったぞ」
　そう言うと、要は笑みをこわばらせた。
　でも、俺はかまわず続けた。
「囚われながらも自分の現実を受けいれて、それでも幸せになろうと蕾はもがいてる。なのに、お前はどうだ？」
「……彼女が変わることを恐れて、俺が縛りつけてるって言いたいのか」
　わかってるじゃねえか。
　こいつは今、蕾を縛りつけていることを自分で認めた。
　それで、辿りついた答えがある。
「お前、蕾から本気で自由を奪おうとしてるな？」
　俺が狙われるなら、納得できる。
　でも、これまでの意図的な事故は、間違いなく蕾も狙っていた。
　つまり蕾の身体を傷つけて、物理的に動けないように痛めつけるつもりだった。
　本当に、狂ってる。
「俺には、お前の言いたいことがさっぱりわからない」
　問いつめても、この期に及んで要はのらりくらりかわす

だけだった。

　埒が明かない。

　口を割る気はないってことか。

　この男、大事な女を危険にさらしてまで、自分の目的を果たしたいらしいな。

「理解ができない」

　気味の悪さを感じながら、俺は要を睨みすえる。

　でも、要は笑って俺に背を向けた。

「理解してもらおうとは思わない」

　そう言いのこして、家に入ってしまう。

　俺はその場で立ちつくしながら、舌打ちをした。

「なんでも自分の思いどおりになると思うなよ」

　蕾は傷つけさせない。

　俺がそばにいる限り、指一本たりとも触れさせない。

「今まで以上に、蕾の身辺を警戒しねえとな」

　安心しろ、蕾。

　俺が絶対に守りきってやる。

　俺は目の前の家を鋭く見据えて、そう決意を新たにした。

○Episode12○　見て見ぬフリした想い

【蕾side】

　次の日の朝、夜斗くんや透ちゃん、水希くんが家まで迎えに来てくれた。
「お前たち、また蕾を連れていく気か。これ以上、娘を危険な目に遭わせるなら、警察を呼ぶぞ」
　お父さんはみんなの顔を見て、忌々しそうに言う。
「蕾、どうして言うことを聞いてくれないの!?」
　お母さんが叫びながら、家を出ようとする私の腕を掴んで引き止める。
　そんな両親に、夜斗くんは頭を下げた。
「蕾のことを思うなら、応援してあげてくれませんか」
　夜斗くんがこうしてお願いしてくれるのは、何度目だろう。
　そのたびに辛らつな言葉を浴びせられているのに、嫌な顔ひとつもせず、私のために頭を下げてくれる。
　そんなきみの姿が、くじけそうになる私の心を何度も励ましてくれた。
「昔、私が無茶をしてお父さんとお母さんを悲しませてしまったことがあったよね」
　中学生のとき、私が透ちゃんをかばってナイフを持った変質者の前に出たときのこと。

それを思い出しながら話しはじめると、両親は急になんだと言いたげな顔をする。
　そんなふたりに、私は静かに語りかける。
「あのとき、私は傷つけられても痛みを感じないから平気なのに、どうしてみんなは泣くんだろうって不思議だった。だけど、私が傷つくと、私を大切に思ってくれている人たちも痛いんだってこと、ちゃんとわかったの」
　私の身体は私だけのものじゃない。
　それを痛いほど、心をもって知った。
「だからみんなを悲しませないために、お母さんやお父さんの言うとおりに生きてきたけど……。私、ずっとずっと苦しかったんだ」
　気持ちを打ちあけると、両親は俯く。
　ふたりからしたら、よかれと思ってしたことだったはず。
　それを否定してしまったのは、胸が痛い。
　でも、このままじゃ私たちの思いはすれちがってしまうから、ぜんぶ知ってほしい。
「私は夜斗くんたちと自由に会いたい。この病気に負けずに、もっと自分らしく生きたいんだ」
　無痛症だから、これもあれもできないって前置きは嫌。
　無痛症でも私はなんでもできるって、そう胸を張りたい。
　生まれもったこの体質を、悲しい運命なんて決めつけたくない。
　これも私の個性だって受けいれたいんだ。
「たしかに……私たちは過保護にしすぎていたのかもしれ

ない。だけど、本当に心配だったんだ」

力なく座りこむお父さんに、お母さんは寄りそう。
「私があなたをそんな身体に生んでしまったから……」

両手で顔を覆って泣きだしてしまうお母さんに、私は首を横に振る。
「違うよ」

否定すれば、両親も夜斗くんたちも驚いたように私を見る。

視線が集まると少し緊張したけれど、これだけは言わなくちゃと口を開く。
「この身体だから、私は誰かの優しさを人一倍感じることができた。夜斗くんにも出会えたし、感謝してるんだ」

痛みを感じない私の代わりに、みんなは胸を痛めて泣いてくれた。

誰かのために泣くなんて、優しさでしかない。

そんな人たちに囲まれている私は、不幸じゃない。

どんな人よりも幸せ者だって、そう思う。
「ありがとう、私を生んでくれて」

両親に向かって笑いかける。

すると、ふたりはポロポロと泣きだした。

そして、今度は夜斗くんたちに向きなおる。
「傷つくこともあったはずなのに、ありがとう。変わらず、私のそばにいてくれて」

「ごめんね」より「ありがとう」がいい。

これまで私がもらった優しさに見合う言葉は、絶対にこ

れだった。

　透ちゃんは水希くんに抱きしめられながら泣いていて、夜斗くんは目を細めて微笑んでくれる。

　私の好きな、夜斗くんの表情だった。

「あなたは私たちが思う以上に、強くなっていたのね」

　目の端の涙を指先でぬぐったお母さんは、憑きものが落ちたみたいに清々（すがすが）しい顔をしている。

「これまでひどいことを言ってすまない。蕾のことを頼みます」

　お父さんは、夜斗くんたちに頭を下げた。

「必ず守ります」

　お父さんに応えるように強くうなずいた夜斗くんに、胸がいっぱいになった。

　私は久しぶりに笑顔の両親に見送られながら、家を出る。

　少し歩いたところで、道のまん中に待ちぶせするように立っている要の姿に気づいた。

「俺は認めない」

　それだけ言って、要は去っていく。

「要っ」

　要はずっとそばにいてくれた兄のような存在だった。

　この間は突きはなしちゃったけど、私は要からも逃げたくない。

「ちゃんと話しあいたいのに……」

　痛む胸に思わずこぼした弱音。

　そんな私の頭に、夜斗くんの手が乗る。

「大丈夫だ。お前の言葉は、不思議とここに届くから」
　夜斗くんは、空いたほうの手で自分の胸を指差す。
　励ましてくれる彼に元気をもらった私は、強くうなずいてみんなと学校に向かった。

　放課後、みんなで狼牙の倉庫に集まった私たちは、ソファーに座って要を納得させる方法を考えていた。
　ガヤガヤと狼牙の仲間たちが騒ぐ中、私は透ちゃんに声をかける。
「部活は大丈夫？」
　ここのところ、私の送り迎えやらで部活を休ませてしまっている。
　それが心苦しくて尋ねると、透ちゃんは笑った。
「部長にどうしてもやらなきゃいけないことがあるって言ったら、自分の信念を貫けって応援されたから大丈夫だぞ」
　それを聞いていた水希くんは、げんなりとした。
「暑苦しい部活だね」
「どういう意味だよ」
　キッと睨む透ちゃんと、明後日の方向を見る水希くん。
　本当に仲いいな、ふたりとも。
　微笑ましい気持ちで眺めていると、私の隣に座っていた夜斗くんは仕切りなおすように足を組んだ。
　それから、テーブルをはさんで向かいの席に腰かけている、透ちゃんと水希くんの顔を見る。

「話を戻すぞ」

　そうだ、今は要をどうやって説得するかについて話しあってるんだった。

　自分のことなのに、透ちゃんたちを見て和んでいた自分を叱りたくなる。

　パンッと頰を叩くと、夜斗くんの視線がこちらに向いた。
「あいつの場合、ただ純粋に幼なじみとして、お前を心配してるわけじゃないと思う」
「え、どういうこと？」
「俺もお前が大切だからわかる。あいつは俺と同じ種類の感情を抱いてる。だから割りきれなくて、自分以外の人間と繋がりたいと思うお前の意見を認められない」

　彼の『大切』が意味するのが異性としての好きだとわかって、私は「まさか」と否定する。

　視線を彷徨わせていると、水希くんにじっと見つめられているのに気づいた。
「本当はわかってるんじゃない？」
「でも、そんな素振りは一度も……」
「どこかで、きみを見る目が変わった瞬間があったはず。それを見て見ぬフリしてきたんじゃないかな、お互いに」

　厳しい言葉だった。

　それを受け止めながら、私は要のこれまでの言葉を思い出す。

『なにを言ってるんだ。蕾のことは、俺が守ってやらないと……』

『俺がずっとそばにいるから、あいつとなんかいるなよ』
　本当は大事にされている自覚があった。
　それが幼なじみの枠を超えていたこともわかってた。
　私はお兄ちゃんみたいな存在と言っては気づかないフリをして、ごまかして……。
　幼なじみの関係が壊れることを恐れてたんだ。
　恋人にはなれない。
　けど、二度と話せなくなるのは嫌だから。
　そうやって私は、要の気持ちから逃げていたんだと思いしらされる。
「私は……知らないうちに要を傷つけてた」
　落ちこんでいると、透ちゃんは「しっかりしろ」と私を正面から見据えてくる。
「今からだって遅くない。気持ちに応えられなくても、要のことが大事なんだろ？　だったら、ちゃんと思ってることを伝えてやれ」
　優しさは、使い方を間違えれば相手を傷つける。
　夜斗くんの言うとおりだった。
　要の気持ちには応えられないと、わざわざその事実を伝えて傷つけるくらいなら。
　言葉にしないほうが、なかったことにしてしまったほうが、相手のためだって。
　そう思っていた私の行動は、残酷な優しさだった。
「そうだね、みんなありがとう。私……要とちゃんと話してみる。どれだけ時間がかかっても、傷ついても」

みんなが私を叱って、励まして、寄りそってくれるから、そう思えるようになった。
　意思を伝えれば、みんなは微笑んでくれる。
　空気が穏やかな昼下がりのように和らいだとき、倉庫の扉が開いた。
「お前ら、差しいれだぞー」
　入ってきたのは、大きなレジ袋を抱えた総長さんだった。
　みんなにおにぎりやらサンドイッチやらを配って、今度は私たちの所へ来る。
「ほら、物資だぞ。これで腹ごしらえしろ」
「すみません、私たちまで……」
　ペコリと頭を下げると、総長さんはニッと笑う。
「夜斗の仲間は、俺たち狼牙の仲間だからな」
「ありがとうございます」
　自分の大事な人も、大事にしてくれる。
　そういう総長さんの考え、好きだな。
　総長さんは、夜斗くんの頭に手を置いた。
「夜斗、いい居場所が見つかってよかったな」
　その言葉には聞き覚えがあった。
　前に『あいつの居場所になってやってくれ』と言われたことがあったな。
　そっか、総長さんは夜斗くんの家のこともなんとなく察してるんだ。
　すべてを受けいれたうえで、この狼牙に引きいれた。
　仲間っていいな……。

要にも、ここにいてほしい。
　そのためには、まず話しあって、すれちがった心を通わせなくちゃ。
　談笑を楽しんでいるみんなを横目に、私は立ちあがる。
　いち早く私の動きに気づいたのは、夜斗くんだった。
「行くのか」
「うん」
　多くを語らずとも、彼は私のしようとしていることを察してくれる。
　私も、きみがこれから言おうとすることがわかるから、先回りする。
「ひとりで行こうと思う」
　みんなで行ったら、話しあいの前に要はまた怒ってしまうだろうから。
「……そうか、わかった」
　寂しそうだったけど、夜斗くんは私の心を汲んでくれていた。
　私は透ちゃんや水希くんにもふたりきりで要と話をしたいからと言って、ひとりで倉庫を出る。
　要、たくさん傷つけてごめんね。
　私のことを大切に思ってくれて、ありがとう。
　だけど、私に縛られてるきみを自由にしてあげたい。
　きみが前に進めるように、私はたしかな足取りで要の家に向かう。
　私の弱さが傷つけた、幼なじみに会いにいくために。

Chapter 4

○Episode13○　嫌な予感

【夜斗side】

　蕾を送りだしたあと、俺は立ちあがった。
　案の定、水希と透が驚いたように見上げてくる。
「蕾の信じる要のことを信じてやりてえけど……」
　そう言いかけると、水希はなに食わぬ顔で口を開く。
「夜斗たちの周りで起こってた事故、やっぱ要くんが仕組んでたんだ？」
「え……そんなっ、そうなのか？」
　嘘だろうと言わなかったのは、透もなんとなく要を疑っていたからなんだろう。
　でも、驚愕の中に落胆が入りまじっている。
　それは友人を怪しいと思いながら、信じたい気持ちをこれまで捨てきれなかった。
　そういう気持ちの表れだった。
「あいつ、蕾を大事に思う気持ちだけは、本物だったはずなのに……」
　悔しそうに唇を噛む透の手を水希が握る。
「心って複雑だからね。大事だ、好きだって想いが、報われないってわかって歪んでいっちゃったのかも」
　それは誰しもがもっている危うさだ。
　憧れと嫉妬、愛と憎しみ。

どんな感情も裏には黒い部分がある。
　それに負けてしまったのだろう、要は。
「人は弱い生き物だからな。でも、そうやって闇に落ちそうになったとき、人は人に救われるんだ」
　親父との繋がりを捨てて、孤独に生きることを選んだ俺を蕾が救ってくれたように。
　要を救えるのは、要を大事に思う蕾だけだ。
「なんにせよ、今の要とふたりきりにはできない。蕾を追いかけようぜ」
　透はそう言って立ちあがると、スクールバッグを肩にかける。
　続いて水希も腰を上げると、お尻を叩いて俺をまっすぐに見た。
「ふたりの話し合いは邪魔しないように、すぐに助けにいける距離に隠れて待機してる……でいいよね？」
　俺の気持ちを的確に汲んだ水希の言葉に、ふっと笑う。
「ああ、じゃあ行くぞ」
　俺たちは総長に声をかけて、倉庫を出る。
　外は不気味なくらいにまっ赤な夕日で照らされていた。
　何事もなければいいが……。
　先に行かせた蕾のことが気がかりだったが、俺は胸にふくれあがる不安に気づかないフリをした。

○Episode14○　これは悲劇か喜劇か

【蕾side】
　私は要の家につき、インターフォンを鳴らす。
　中から出てきた要は、なんの感情もこもってない、上っ面の笑みを浮かべていた。
　幼なじみの変わりように、たじろぎながらも、私はなんとか踏んばる。
「要、話があるの」
「なにかな？」
　改まって聞き返されると、話しづらい。
　逃げだしたくなる気持ちをグッとこらえて、要の瞳を見つめる。
「要、私はもっといろんな人と出会って、いろんな経験をしたい。だから……自由になりたい。それを要にも応援してほしい」
　幼なじみ相手に緊張したのは、きっとこれが初めて。
　大事な相手ほど、本心を語るのって勇気がいるな。
　だって、私の気持ちが相手を傷つけるかもしれない。
　そうなったら、大事な人と二度と話せなくなるかもしれない。
　そんなの、悲しすぎるから。
「きみも、俺がきみを縛りつけてるって言いたいの？」
　抑揚のない声で要は呟くと、そのまま顔を伏せた。

今のは、どういう意味だろう。
　きみもって、誰かがそう言ったの？
　縛りつけるって、誰が誰を？
　頭に浮かぶ疑問に頭痛がしていると、要はなぜか身の上話を始める。
「俺さ、ピアノの英才教育を幼い頃から受けさせられて、好きなことをさせてもらえなかったのがずっとつらかった」
　そう、要の家はお父さんが有名な指揮者で、お母さんも世界的なピアニストという、音楽一家だった。
　そのひとり息子だった要は、いつも家に帰る道の途中で『帰りたくない』って泣いてたっけ。
「だけど、蕾が俺の世界を変えてくれた」
「え？」
「小学３年生のとき、蕾が俺の親に言ったんだよ、覚えてない？『要くんの音楽は、いろんな世界を見たほうが彩ると思います。だから、好きなことをさせてあげてください』って」
　そのセリフには覚えがあった。
　私は『練習がつらい』と、要が泣いているのに耐えられなくて……。
　その日だけ、帰ったらピアノの練習をしなきゃいけない要を連れて近所の公園で遊んだ。
　空が暗くなって家に帰ると、怒りの形相を浮かべた要のお母さんが家の前に立っていた。

『レッスンをサボるなんて！』と怒る要のお母さんに、私はたまらず直談判したのを覚えてる。
　そのときのことを要はずっと覚えててくれたんだ。
「蕾のおかげで、少しだけ自由にさせてもらえるようになった。それから、蕾のことを大切に思うようになった」
「要……」
　その気持ちはうれしい。
　だけど、私はあくまで幼なじみとしてきみが大切だった。
　きっと、要と私の"好き"は違う。
　それをこれから伝えなきゃと思うと、胸が締めつけられて苦しい。
「他の誰にもとられたくない、俺を理解してくれるのは蕾しかいないんだよ」
「そんなことない！」
　そんな考え方じゃ、要の世界には私ひとりしかいないことになる。
　狭くて小さな世界しか、要は見てない。
　それはきっと、きみが多くを望まないように生きてきたからなんだ。
　少し前の私みたいに、両親の望むように生きなきゃって、自分の意思を押さえつけてきたから……。
「要のこと、他にもわかってくれる人がいるはずだよ」
「俺には蕾がいればいい」
　要は私の声なんて聞こえないというように、ゆらりと私のほうへ歩いてくる。

門を出て私の所へ来た彼の手には、銀の閃光。
ナイフが握られていて、頭がまっ白になる。
「かな、め……？」
「自分のものにならないなら、ここで蕾を誰のものにもならないように終わらせる」
そう言って、要はナイフを振りあげた。
怖くてなのか、ショックでなのか。
私が動けずにいると、間に黒い影が入ってくる。
「くっ……」
うめき声をあげ、よろけたのは見覚えのある黒髪の男の子。
彼は腕からまっ赤な血を流し、しゃがみこむ。
私はその場で立ちすくみ、口もとを手で覆った。
「嘘……なん、で……」
「間一髪だな」
そこにいたのは、紛れもなく夜斗くんだった。
私は恐る恐る彼のそばに膝をつき、手を伸ばしたものの。
頭の中がまっ白で、なにをしたらいいのかがわからず、震える手を彷徨わせる。
「どうして、こんな無茶をしたの……っ」
「今無茶しねえで、どこでしろっていうんだよ」
「でもっ、血が……」
ああ、夢ならいいのに。
この傷を要がつけただなんて……。
そこでようやく、その事実を頭が理解する。

けど、心がついていかない。
　私はポロポロと涙を流しながら、夜斗くんの腕をハンカチで押さえた。
「夜斗！」
　どこからか、水希くんの声がした。
　そのすぐあとに、水希くんと透ちゃんが駆けつけてくる。
「蕾は怪我してないか!?」
　焦ったように、私の肩を掴む透ちゃんに、首を横に振る。
「私のことより、夜斗くんが……っ」
　泣きながら、夜斗くんの傷口を押さえていたハンカチを見る。
　ハンカチはあっという間に赤く染まっていて、息を呑む。
「……っ、ごめんね。ごめんね、私のせいで……っ」
「守るって言っただろう。お前のせいじゃない、これは俺の意思だ」
　この人はどんなときも、私を守ろうとしてくれる。
　こんなときまで、私が気負わなくていいように声をかけてくれてるんだ。
「痛い思いさせてごめんね、それから……。守ってくれてありがとう」
　夜斗くんを抱きしめると、要があとずさりするのが視界の端に映った。
　腕から血を流している夜斗くんを見て、要の顔は青ざめている。
「蕾を道路に突きとばしただけでなく、蕾に向かって建設

資材を倒したり、お前はなにがしたいんだ」
　夜斗くんの口から出てきた言葉たちに、衝撃を受ける。
　待って、あれは事故じゃなかったの？
　混乱している私にかまわず、夜斗くんは畳みかけるように続ける。
「お前はどうして、蕾がここにひとりで来たかわかるか？」
　その漆黒の瞳に、強い怒りを静かにたたえている。
　腕の痛みなんてものともせず、ひたすら要を射貫くように見ていた。
「大切な幼なじみだから、ちゃんと自分だけで向きあいたいって言ったんだ。なのにお前は、いつまで逃げてやがる！ちゃんと蕾と向きあえ！」
　夜斗くんがここまで声を荒げたのを、初めて見た。
　それが自分のためだとわかって胸がいっぱいになっていると、説教された要は取りみだす。
「好きだったんだ……！　なのに手放すなんて、無理に決まってるだろ！」
　叫ぶ要をこれ以上見ていられなくて、私は夜斗くんを支えながら伝える。
「私は要が幼なじみとして大事だった。でも……要は違ったんだよね」
　泣きたいのは要のはずなのに、私の目には涙がにじむ。
　だから目に力を入れて、我慢した。
「要の気持ちに気づかないフリをして、甘えて、苦しめてごめん。だけど……その想いには応えられない」

「……っ、蕾……」
　傷ついた顔をする要から、目をそらさなかった。
　それは私が見届けなくてはいけない、"痛み"の象徴だったから。
「要の想いには答えられないけど、できれば……。これからもずっと仲良くしてほしい」
　無茶苦茶なことを私は言ってるんだと思う。
　だけど、要のことは大事だった。
　それだけは、絶対に真実だったから。
　じっと返事を待っていると、要は膝から崩れおちた。
「傷つけてごめん」
　要が力なくそう答えたとき、騒ぎを聞きつけた私のお母さんと要の両親が家から出てきた。
「要、なにがあったの？」
　座りこんでいる要に、要のお母さんが駆けよる。
「夜斗くん、怪我をしてるじゃない！」
　私のお母さんは夜斗くんの傷を見て、救急車を呼ぼうとした。それを水希くんが止める。
「もう電話しました」
　いつ連絡したのか、水希くんがいち早く救急車を呼んでくれていたらしい。
　一方、事情を聞いた要のお母さんはというと……。
　要のことをものすごい剣幕で怒鳴っていた。
「なんてことを……なんてことをっ。あなたは私たちの名前に傷をつける気!?」

責めるように叫んで、お母さんは手を振りあげた。
　そのとき、夜斗くんが口をはさむ。
「俺は訴える気はない。だから、そいつを一方的に責めるな。第一、こいつが蕾を心のより所にしたのも、お前たちがこいつから音楽の世界以外の居場所を奪ったからだろ」
　夜斗くんの言葉には説得力があった。
　両親に振りまわされた過去に、通じるものがあったのかもしれない。
　要のお母さんは、なにも言えずに黙りこんでいる。
　思いあたる節があったのだろうか。
　だって、前に私が要をかばったときと同じで、後悔がにじんだ顔をしていたから。
「お前、どうして俺をかばうんだ」
　要は顔をくしゃくしゃにして、泣きそうになりながら夜斗くんを見る。
　夜斗くんは血の気が失せた顔で、唇を動かす。
「蕾の大事な人だから、守るのは当然だ」
　すぐ近くで救急車のサイレンが響く中、夜斗くんの言葉ははっきりと聞こえた。
　夜斗くん、傷つけられたのに私の大事な人を嫌わないでくれてありがとう。
　ぶわっと涙が目からあふれる。
　夜斗くんは泣いている私に気づいて、ふっと笑った。
「大丈夫だ。安心し……ろ……」
　そのまま、彼は目を閉じてしまった。

「え……夜斗くん？」
　全身から血の気が引く。
　頭の中に【死】の文字が浮かび、私は叫んだ。
「夜斗くん、夜斗くん！」
　何度も無我夢中で彼の名前を呼んでいると、救急車が到着する。
　お母さんと一緒に同乗しようとしたが、乗れるのはひとりだった。
「あなたは、家で待ってなさい」
　救急車は３、４人付き添いの人が乗れるらしいのだけれど、救急隊の作業スペースがなくなるため、隊員の方からひとりにしてほしいとお願いをされてしまったのだ。
「僕たちは夜斗の帰りを待っていよう」
　気づかうように声をかけてくれる水希くんに、私はなんとかなうなずく。
　たぶん夜斗くんは要がなにをしようとしていたのか、最初から気づいていたのかもしれない。
　だから、あとを追いかけてきてくれたんだ。
　私だけが、なにもわかっていなかった。
　自分の考えのなさに落ちこんでいると、透ちゃんが私の隣に立って、お母さんに向きなおった。
「蕾のことは任せてください」
「透ちゃん、お願いするわね」
　そう言って夜斗くんを乗せた救急車は走りさっていく。
　サイレンが遠ざかると、とたんに不安が押しよせてき

ふらついてしまった。
　そんな私の背を透ちゃんが支えてくれる。
「蕾、あいつは大丈夫だよ」
　そう言って、私の右手を握った。
「夜斗は強いから」
　水希くんも私の左手を握ってくれる。
　ふたりの手の感触に励まされながら、私はなんとかうなずく。
　夜斗くん、本当に大丈夫だよね？
　きみがいなくなったら、なんて……。
　そんな考えが、どうしても頭をよぎる。
「夜斗くん……っ」
　ひたひたと迫ってくる恐怖に、身体が震える。
　お願いだから、夜斗くんが無事に帰ってきますように。
　そう心の中で、何度もひたすらに祈った。

○Episode15○　月がきれいな夜に

【蕾side】
　その夜、少し横になったほうがいいと透ちゃんと水希くんに言われて、自室のベッドに横になっていた。
　だけど、頭の中では夜斗くんのことばかり考えてる。
　付きそっているお母さんに、夜斗くんの傷はどうなのかメッセージを送ってみたんだけど、なにかよくないことがあったのか、返事がなかった。
　あの血の赤さ、青白い夜斗くんの顔。
　すべてが頭にこびりついている。
　腕の傷で死んじゃうことってあるのかな。
　血がたくさん出て、失血死とか？
　頭の中には嫌な想像ばかり、あふれてる。
　こんな不安を抱えたまま、眠れるわけもなく。
　私は現れるわけないと思いつつも、バルコニーに出た。
　柵に手をついて、夜空を見上げる。
　今日みたいに月がきれいな夜は、いつだってきみと会えたのに。
「一番星、見えないかな……」
　失いそうになって、わかった。
　夜斗くんは私にとって、自分が思っている以上にかけがえのない存在になっていたんだってこと。
　あのあと、要はお母さんと一緒に警察に向かった。

夜斗くんは訴える気はないって言ったけど。

要が『あいつの言葉に甘えたくないんだ。それに、蕾を傷つけた自分を許したくないから』と言って、自分の罪を償う道を選んだ。

出頭する前に送ったのか、スマートフォンに【これまでひどいことして、ごめん。あいつにも、今度謝らせてほしい】と要からメッセージがあった。

要が立ちなおるまで、私も支える。

自由を望めなかった私のそばに、夜斗くんがいてくれたように。

「蕾」

ふいに名前を呼ばれた気がした。

思考の海に沈んでいた私は、信じられない思いで下を向くと、そこには彼がいた。

夜のように静かで、月のように優しく、一番星のように寄りそってくれるきみ——。

「夜斗くんっ」

無事だったんだ……！

安堵とうれしさがいっきにこみあげてきて、ぶわっと瞳から涙があふれる。

私はバルコニーの柵をまたいで、木を伝って下に降りようとした。

「おい、危ないからやめろ。俺がそっちに行く」

さすがの夜斗くんも焦った顔をしていた。

それでも私は自分から会いにいきたくて、言うことを聞

かずに木から降りようとした。
　そのとき——。
　ズルッと、足を滑らせて落ちそうになった。
「きゃっ」
「蕾！」
　夜斗くんが両手を広げて、私の身体を抱き止めてくれる。
「あっ、腕！　怪我は大丈夫!?」
　私が心配で慌てふためいていると、夜斗くんはバツが悪そうに顔をしかめた。
「怪我は……たいしたことなかった」
「え？　そのわりには、顔色が……」
「あのとき俺、気を失っただろ。それ、血を見たショックらしい」
　夜斗くん、血が苦手だったんだ。
　でも、これまでもケンカで怪我して血を流していたような……。
　まあ、比にならない量だけど。
「……間抜けだろ」
　彼にしては珍しく小声だった。
　だから、苦い顔をしてたんだ。
　それがわかった私は彼の首に抱きついて、その顔に頬をすり寄せる。
「そんなことない、私だって倒れそうだったよ。夜斗くんが死んじゃうかと思った」
　思い出したら、じわりと涙がにじむ。

そんな私をなぐさめるように、夜斗くんは頬に口づけてくる。
「大げさだ、あれくらいで死なない」
「それだけ、夜斗くんのことが大事なんだよ」
　身体を離して、私は彼を見つめた。
　夜斗くんは私を抱きあげてるから、私のほうが少しだけ視線が高い。
「あのね、私も夜斗くんのことが好きだよ」
「……っ、蕾……」
　私たちの間を、柔らかな夜風が駆けぬけた。
　夜の優しい静けさの中。
　私は大好きな人に、大事なことを告げる。
「自由を知らなかった私にとって、夜斗くんは自由そのもので……。出会ったときから、惹かれてたんだと思う。守るだけじゃなくて、私に強さを教えてくれた夜斗くんが……気づいたら大好きになってた」
　想いを伝えおわると、夜斗くんはまぶしいものでも見るように目を細める。
「俺も……蕾の強さに惚れてる」
「じゃあ、両想いってことだね」
「ああ、そうだな」
　夜斗くんは私を抱きあげたまま、額を重ねてくる。
　その拍子に、私の髪が夜斗くんの頬にさらりとかかって──。
「……ん」

夜斗くんは、くすぐったそうにはにかむ。
　私たちは告白のあとだからか、なんだか照れくさくなって、小さく笑みを交わした。
「蕾」
　夜斗くんがふいに真剣な表情で、私の名前を呼んだ。
　いつの間にか笑いがやんで見つめあうと、そっと引きよせられるように唇を重ねる。

　初めてきみと出会った日のように、夜空には黄金の月。
　夜のようなきみの空気に包まれて、私は世界でたったひとりの一番星を見つけた。
　一緒にいると世界が、未来が、煌めく。
　そんなきみと、これからどこまでも……。
　自由の空へ羽ばたくのだと、そう信じられた。

END

あとがき

こんにちは涙鳴（るいな）です。

このたびは今作を手に取ってくださり、ありがとうございました。

この物語は読者さんの感想やファンレターを読みあさりまして、みなさんが読みたいと思ってくれるような作品はなんだろうなと考えているうちに生まれました。

感想にも、私の２冊目の書籍化作品『一番星のキミに恋するほどに切なくて。』のように、『族もの×病気』を書いて！というものが多かったので、私のデビュー作が野いちごのブルーレーベルからというのもあり、そこからずっと応援してくれている読者さんに向けても執筆しました。

いつか、みんなの「こんなお話が読みたい！」という希望をいっきに詰めこんだ小説を書ければな、と思ってたので、こうして書籍化という形でお届けできるのがうれしいです。

また、「こんなの読みたい！」というのがあれば、教えてくだされればなと思います。

さて、今作に出てきた無痛症について、少しお話したいと思います。

この病気自体、耳にするのは初めてだったのですが、テ

レビの特集で知りまして……。

　痛みがない恐怖や人が痛みを感じる意味というのを、すごく考えさせられました。

　無痛症もそうですが、その病気があったからこそ、つらい経験があったからこそ、感じられた人の優しさや出会いがあると思います。

　その身体に生まれたこと、その家庭に生まれたこと、どんなことにも意味があると私は信じたいです。

　本当に無痛症の方からしたら、こんな物語みたいにうまくいくわけない！と思うかもしれません。

　でも、病気を知ってもらう機会になればなと思います。

　最後になりましたが、この作品を手に取ってくださった読者の皆様に感謝いたします！

2019年2月25日 涙鳴

この物語はフィクションです。
実在の人物、団体等とは一切関係がありません。
一部、飲酒、喫煙等に関する表記がありますが、
未成年者の飲酒、喫煙等は法律で禁止されています。

涙鳴先生への
ファンレターのあて先

〒104-0031
東京都中央区京橋1-3-1
八重洲口大栄ビル7F

スターツ出版(株)書籍編集部 気付
涙鳴先生

KEITAI
SHOUSETSU
BUNKO
野いちご SINCE 2009

月がキレイな夜に、きみの一番星になりたい。
2019年2月25日　初版第1刷発行

著　者	涙鳴
	©Ruina 2019
発行人	松島滋
デザイン	カバー　平林亜紀（micro fish）
	フォーマット　黒門ビリー&フラミンゴスタジオ
Ｄ Ｔ Ｐ	朝日メディアインターナショナル株式会社
編　集	長井泉
編集協力	ミケハラ編集室
発行所	スターツ出版株式会社
	〒104-0031 東京都中央区京橋1-3-1　八重洲口大栄ビル7F
	出版マーケティンググループ
	TEL 03-6202-0386（ご注文等に関するお問い合わせ）
	https://starts-pub.jp/
印刷所	共同印刷株式会社
	Printed in Japan

乱丁・落丁などの不良品はお取替えいたします。上記出版マーケティンググループまでお問い合わせください。
本書を無断で複写することは、著作権法により禁じられています。
定価はカバーに記載されています。

ISBN 978-4-8137-0630-4　C0193

読むたび何度でも恋をする…全力恋宣言！
毎月25日はケータイ小説文庫の日♥

心に沁みるピュアラブやキラキラの青春小説、
「野いちご」ならではの胸キュン小説など、注目作が続々登場！

ケータイ小説文庫　2019年2月発売

『ふたりは幼なじみ。』青山そらら・著

梨々香は名門・西園寺家の一人娘。同い年で専属執事の神楽は、小さい時からいつも一緒にいて必ず梨々香を守ってくれる頼れる存在だ。お嬢様と執事の関係だけど、「りぃ」「かーくん」って呼び合う仲のいい幼なじみ。ある日、梨々香にお見合いの話がくるけど…。ピュアで一途な幼なじみラブ！
ISBN978-4-8137-0629-8
定価：本体590円+税

ピンクレーベル

『新装版　特等席はアナタの隣。』香乃子・著

学校一のモテ男・黒崎と純情少女モカは、放課後の図書室で親密になり付き合うことになる。他の女子には無愛想な和泉だけど、モカには「お前の全部が欲しい」と宣言したり、学校で甘いキスをしたり、愛情表現たっぷり。モカ一筋で毎日甘い言葉を囁く和泉に、モカの心臓は鳴りやまなくて…!?
ISBN978-4-8137-0628-1
定価：本体640円+税

ピンクレーベル

『月がキレイな夜に、きみの一番星になりたい。』涙鳴・著

蕾は無痛症を患い、心配性な親から行動を制限されていた。もっと高校生らしく遊びたい──そんな自由への憧れは誰にも言えないでいた蕾。ある晩、バルコニーに傷だらけの男子・夜斗が現れる。暴走族のメンバーだと言う彼は『お前の願いを叶えたい』と、蕾を外の世界に連れ出してくれて…？
ISBN978-4-8137-0630-4
定価：本体540円+税

ブルーレーベル

書店店頭にご希望の本がない場合は、
書店にてご注文いただけます。